L'ORPHELIN
SOLDAT,

ou

MALHEUR ET GLOIRE;

Par J. BROUSSARD.

---

*Qu'il soit à jamais flétri dans la
mémoire des hommes l'être ingrat
qui ne sent rien pour les lieux qui
le virent naître!*

TOME PREMIER.

———

A PARIS,

Chez
LOCARD et DAVI, Libraires, quai des
Augustins, n°. 3;
Mme CAMILLE DEFRÈNE, Libraire, rue de
la Harpe, n°. 103;
L'Auteur, rue du Colombier, n°. 14.

1824.

L'ORPHELIN

SOLDAT.

I.

Imprimerie d'A. BERAUD,
rue du Foin St.-Jacques, n°. 9.

Il se précipite devant la brigade en s'écriant avec force : arrêtez . . . . .

L'ORPHELIN SOLDAT,

OU

MALHEUR ET GLOIRE;

Par J. BROUSSARD.

Qu'il soit à jamais flétri dans la
mémoire des hommes l'être ingrat
qui ne sent rien pour les lieux qui
le virent naître!

TOME PREMIER.

A PARIS,

CHEZ

LOCARD et DAVI, Libraires, quai des
Augustins, n°. 3;
Mme CAMILLE DEFRÈNE, Libraire, rue de
la Harpe, n°. 103;
L'AUTEUR, rue du Colombier, n°. 14.

1824.

L'ORPHELIN

SOLDAT,

ou

MALHEUR ET GLOIRE.

~~~~~~

CHAPITRE Ier.

—

« Ce n'est donc plus un vain espoir : bientôt je vais revoir le village paisible où je reçus le jour, lieux charmans que j'ai si douloureusement regrettés , bois silencieux, vallons solitaires où j'aimais à m'égarer; enfin je vais jouir du bonheur de vous contempler!.... Là, des parens

I.   1

adorés comptent avec impatience les
longues heures de l'attente; là, une
amie toujours fidèle hâte de ses vœux
ardens mon retour..... Êtres chéris,
bientôt je vous presserai tous sur mon
cœur.... Bientôt mes larmes de plaisir
se mêleront aux vôtres.... Oh ! combien mon âme est déjà attendrie !
combien cette réunion si long-temps
désirée va me causer de délices !

Ainsi parlait sur la route de Mauzé
le jeune Alphonse Dalméran, au retour du lycée de Poitiers. Neuf fois
le printemps avait donné des fleurs
depuis l'époque où il avait quitté la
maison paternelle. Lorsqu'il partit,
son deuxième lustre n'était point encore achevé. Ce n'était alors qu'un
enfant étourdi, dissipé, mais intel-
ligent et qui donnait des espérances.
Aujourd'hui devenu grand, ses traits

offrent une mâle régularité; sa taille est agréablement développée, son esprit cultivé, son caractère heureusement formé : c'est un jeune homme fier de son âge, de sa force, et impatient de se rendre utile. Il plaît par un air affable qui ne convient qu'à sa physionomie expressive; son élocution facile et toujours caractéristique est semblable à l'éclair de ses yeux, elle peint d'un seul trait.

Seul, à pieds, chargé des triomphes classiques qu'il venait de remporter, et qu'il se faisait une fête de présenter à son vertueux père, comme une récompense de ses soins, de sa tendresse, il marchait rapidement : deux lieues lui restaient encore à faire, il redouble d'ardeur.

C'était le matin d'un beau jour d'été; l'air était doux et parfumé, la nature

*

riante et animée. Les oiseaux faisaient
éclater de toutes parts leurs chants
joyeux et variés. Le pâtre insouciant
conduisait ses troupeaux dans les prairies ondoyantes de verdure. Le la-
boureur diligent pressait le pas tranquille et lent de ses bœufs robustes.
De longs rideaux de peupliers, de
riches guérêts, de lointains coteaux*
couronnés des premiers rayons du soleil levant, présentaient aux yeux de
notre jeune voyageur le tableau le
plus magnifique et le plus enchanteur. Tout le ravissait. Le paisible séjour des champs, le calme profond
des vallées obscures le faisaient rêver
délicieusement.

Cependant au bout de trois heures
de marche, il s'étonne de ne point
encore voir le lieu de sa naissance :
ses yeux errans cherchent dans le

lointain le faîte des maisons champêtres. Ne découvrant rien, il murmure et s'impatiente de cette longue
distance qui retarde son bonheur.
Il craint de s'être égaré ; il s'oriente
avec anxiété, et n'avance plus qu'avec
inquiétude. Enfin il arrive près d'un
vieux arbre isolé qui étend au loin
ses rameaux majestueux. O plaisir !...
il le reconnaît : c'est celui qui pro-
tégea les jeux de son enfance ; c'est
là qu'il se réunissait à ses jeunes compagnons. Son cœur à cette vue tres-
saille d'allégresse, ses yeux se mouil-
lent de larmes. Il poursuit, en proie
aux plus douces émotions ; il distingue
bientôt le clocher rustique. Plus loin
il aperçoit la maison où s'écoulèrent
ses premières années : l'ivresse du
bonheur se peint sur ses traits. Ses
prix à la main, il court, il vole avec

rapidité.... Jamais triomphateur dans la poudre olympique ne fut plus satisfait. Il jouissait d'avance du plaisir pur et complet qu'il allait procurer à son excellent père ; il savourait déjà les douces caresses d'une mère chérie ; il recueillait les félicitations de ses amis. L'idée surtout d'être guidé désormais par les sages conseils de l'auteur de ses jours, de le voir achever lui-même son éducation, de n'être plus séparé de ceux qu'il aime, remplissait son âme de délices. Tout jusqu'alors s'accordait assez avec ses désirs, et même avec son imagination, pour lui promettre un avenir de hautes félicités; mais hélas ! que les calculs des hommes sont vains ! et qu'il est difficile de voir tout ici bas seconder nos vues !

En entrant dans la maison pater-

nelle, de longs gémissemens, des
cris de douleur, un lugubre appareil
de deuil, viennent resserrer tout à
coup son cœur, et porter un trouble
indicible dans ses sens. Il interroge
des domestiques; ils ne répondent
que par des larmes. Pâle, trem-
blant, il avance vers l'escalier!.....
Sa mère a reconnu sa voix. Elle accourt, le visage abattu, le presser
entre ses bras.... O ma mère! s'écrie-
t-il d'une voix altérée, pourquoi cette
profonde tristesse?.... Où est mon
vertueux père? Pour toute réponse,
elle lui montre d'un geste douloureusement énergique, et avec le silence du désespoir, un affreux cer-
cueil que des hommes plaçaient en
ce moment sous le vestibule!...

Muet d'étonnement, le cœur subitement pressé des plus vives angoisses,

il demeure immobile et comme écrasé de la foudre. Bientôt sortant de cet état de stupeur, il s'échappe des bras de sa mère, se précipite sur la fatale bière, et l'étreint dans des mouvemens convulsifs, appelant à grands cris l'auteur de ses jours. On veut l'arracher de ce triste lieu; il résiste fortement; il s'attache avec opiniâreté à ces restes inanimés. On parvient enfin à l'entraîner loin d'un spectacle aussi déchirant, mais privé de ses sens, mais dans un état douteux de son existence....

Pendant que la compatissante humanité s'occupe du soin de le dérober aux douleurs, à la mort, faisons connaître sa famille et le malheur inattendu qui y a jeté subitement la désolation.

———

CHAPITRE II.

—

Si les vertus et les qualités de l'âme préservaient de la tombe, la faux cruelle de la mort n'eût point tranché les jours de M. Dalméran. Élève d'un des plus grands peintres d'histoire dont s'honore notre pays, il avait acquis lui-même une grande célébrité. Depuis dix-sept ans il vivait, retiré avec son épouse, dans le petit village de Mauzé, situé entre la Rochelle et Niort. Là, consacrant tous ses jours aux arts, à l'amitié, il était estimé, chéri de ses voisins

par son amabilité, son esprit, ses
mœurs, et semblait être le seul qui
ignorât son propre mérite. Il n'avait
qu'un fils sur lequel il rapportait
toute sa sollicitude. Lui-même avait
voulu guider ses premiers pas dans la
voie âpre et épineuse des sciences, et
préparer de bonne heure son jeune
cœur aux vertus dont le sien était
éminemment orné. Les plus conso-
lans succès ayant couronné ses soins,
et ce fils bien-aimé joignant à une
intelligence extraordinaire un goût
décidé pour l'étude, il le plaça au lycée de Poitiers, espérant que le puissant aiguillon de l'émulation ajou-
terait encore à de si heureuses dispositions.

Alphonse ne trompa point l'attente
de son tendre père. Son assiduité au
travail, son extrême application lui

méritèrent les plus grands succès.
M. Dalméran, heureux des rapports
flatteurs qu'il en recevait, méditait
secrètement d'achever son éducation,
de la diriger vers l'utilité publique,
lorsque tout à coup des fripons à qui
il avait confié ses économies, pour
les faire fructifier, disparurent.

Ruiné totalement, cet homme respectable ne se laissa point accabler
par le malheur; il eut de nouveau
recours à son travail; fit assez pour
subvenir à ses besoins, à ceux de sa
famille. Les études de son fils ne
furent point interrompues par cet
accident. Cet excellent père aima
mieux se priver, se gêner même,
plutôt que de suspendre le bienfait
le plus salutaire qu'on puisse donner
à un enfant.

Déjà un noble courage dans le

malheur et des spéculations plus sages faisaient espérer à M. Dalméran, qu'il pourrait un jour rétablir sa fortune, lorsqu'il fut atteint d'un autre coup bien plus affreux que le vol de ses fonds. Un de ses confrères, poussé par cette basse jalousie qu'enfante dans les âmes vulgaires la supériorité des talens, le calomnia, osa l'accuser de prostituer son pinceau à des compositions licencieuses et satyriques contre le gouvernement.

Repousser l'inculpation, prouver son innocence, telle fut en cette circonstance sa conduite ; mais on ne détruit point, avec la même facilité qu'elles sont accueillies, les impressions que la méchanceté fait naître sur le citoyen paisible. M. Dalméran quoi qu'il pût alléguer en sa faveur demeura, sinon convaincu, du moins suspect. Dès-lors, ses amis le négligèrent : bientôt, il se vit délaissé autant qu'il avait été recherché. La douleur qu'il en ressentit fut si vive, qu'elle mina sourdement en lui, les principes de la vie.

De toutes les affections qui agissent sur le cœur de l'homme, il n'en est pas de plus pénible que celle de trouver des âmes froides et fausses dans ceux qui nous protestèrent de leurs sentimens. L'honnête-homme qui montra un courage héroïque dans l'adversité demeure par fois sans force à une telle découverte. Il y a quelque chose de si lâche, de si monstrueux dans l'inconstance, qu'on ne peut d'abord s'en consoler : c'est au moins ce qui arriva à M. Dalméran. L'abandon de ses amis lui fut plus funeste que tous ses malheurs. Il avait

I.   1.

supporté la perte de ses biens, il ne put survivre à celle de l'estime publique ; il tomba dangereusement malade. Les symptômes les plus alarmans se déclarèrent ; bientôt il expira en attestant le ciel de son innocence, en pleurant sur le sort d'une épouse et d'un fils, qu'il laissait sans secours, sans guide, sans protecteur.

Tels étaient les affreux malheurs qui venaient de frapper cette honnête famille, lorsque Alphonse, ignorant les changemens survenus pendant son absence, arriva bercé par les illusions du jeune âge, et se promettant de longs jours de félicité.

Nous avons vu son entrée dans la maison paternelle, l'effet terrible que lui causa la nouvelle imprévue de la perte de l'auteur de ses jours : nous

l'avons laissé privé de l'usage de ses
sens; retournons vers cet infortuné,
et voyons maintenant ce que lui ins-
pira la bonté de son cœur, la noblesse de son âme....

CHAPITRE III.

DEPUIS près d'un quart d'heure, les efforts des gardiens d'Alphonse étaient infructueux; on tremblait pour ses jours, lorsqu'enfin il rouvrit les yeux à la lumière, et gémit amèrement de la revoir.

Semblable à un malheureux captif, qui, au milieu d'un rêve enchanteur où il jouissait de la liberté, se réveille et se voit encore chargé de fers, l'infortuné Alphonse promène longtemps des regards égarés sur tous les objets qui l'entourent, comme s'il eût

cherché à rappeler en sa mémoire affaiblie les circonstances qui l'ont conduit en ce lieu.

Tout à coup une sombre expres-
sion de tristesse se peint sur son visage,
il ne réfléchit plus à la cause de son
état, il a reconnu le trait qui le frappe.
La mort avec sa faux destructive est
là sous ses yeux ; il la voit brisant
les liens les plus chers de la nature,
lui ravissant l'objet le plus doux de
ses affections. Oh ! comment retracer
ici le désespoir de ce tendre fils !
comment peindre tout ce qu'il ressentit en ce moment funeste !

Ce fut en vain que les amis d'une
mère chérie cherchèrent à lui offrir,
dans ces tristes momens, des consolations : rien ne put adoucir l'amertume de ses regrets ; nul soulagement
ne put arriver à son âme flétrie. Il

y a si loin de l'homme paisible à
l'homme agité, et les étrangers à nos
peines savent si mal entendre, si mal
parler le langage de notre douleur,
que leurs froides consolations irritent
plutôt qu'elles n'adoucissent et ne ci-
catrisent nos plaies.

Importuné des conseils déplacés
qu'il entend, il veut se lever pour
aller prier et verser des larmes sur la
fosse de son père ; mais ses forces sont
épuisées, il retombe sur le lit où ,
l'instant d'auparavant, il fut déposé
évanoui. Il demande alors sa mère
et l'amie de sa première enfance; il
les cherche parmi les personnes qui
l'entourent; ne les découvrant point,
il s'abandonne à une noire inquiétude ; il sollicite qu'on les lui amène :
enfin sa mère arrive. A peine peut-
elle se soutenir : tant l'excès des cha-

grins l'accable! Elle se jette entre les bras de ce fils bien-aimé, et le tient fortement pressé sur son sein.

Long-temps la douleur les rend tous deux muets et immobiles. Bientôt les larmes s'ouvrant un passage, leurs cœurs cruellement oppressés se soulagent. C'est alors qu'Alphonse apprend les malheurs qui avancèrent la carrière de son père, et qui en empoisonnèrent les derniers momens.

Pendant le récit de sa mère, l'infortuné roulait dans son esprit mille projets différens; l'indignation, l'amour filial élevaient dans son cœur leur voix puissante. Il méditait de venger la mémoire de l'auteur de ses jours; puis songeant à la ruine de sa famille, il demeurait péniblement accablé, et cherchait quels moyens il employerait pour subvenir aux be-

soins d'une tendre mère, et éloigner
de sa vieillesse respectable les cruelles privations.

Déjà madame Dalméran avait fini
de parler, qu'Alphonse restait encore absorbé dans de profondes réflexions. Il n'osait plus la questionner,
crainte d'apprendre de nouveaux malheurs. Cependant l'inquiétude le déchire trop fortement : il tremble que
l'infortune ne se soit aussi appesantie
sur sa chère Sophie ; il s'en informe
avec anxiété. Il apprend que, depuis
la maladie de son père, le colonel
Dalméran, son oncle, l'avait prise
chez lui, et qu'il la faisait élever avec
sa fille.

Cette nouvelle le rassura un peu :
il eut voulu cependant voler aussitôt
près d'elle ; mais sa faiblesse et les
bienséances ne le lui permettant point,

il se résigne en silence. Quand le cœur est déjà déchiré, nous ressentons moins vivement les autres privations ; une sensation unique domine, absorbe tout sentiment étranger au coup qui nous accable. Alphonse ramené sur la cruelle-perte qu'il vient de faire ne peut plus que pleurer et se livrer à ses justes regrets.

Les premiers jours s'écoulèrent dans une profonde tristesse : rien ne paraissait pouvoir en calmer l'excès. Jamais fils n'honora davantage la mémoire d'un père chéri. Jamais père aussi n'avait mérité plus de témoignage d'amour.

Cependant l'affliction de l'homme a un terme, ainsi que le plaisir qui repose temporairement son âme. Peu à peu d'autres pensées étrangères à sa douleur s'insinuèrent malgré lui

I. 2

dans son esprit. Peu à peu l'image
de l'objet adoré recula et finit par
s'évanouir dans le passé avec les autres
affections, qui d'abord semblaient,
en le laissant sans espoir, ne devoir
jamais rien perdre de leur vivacité.
Alphonse, sans être consolé, n'éprouvait plus enfin que cette sombre mélancolie qui suit ordinairement les
grandes peines, lorsque son cœur fut
de nouveau brisé par le malheur. Sa
mère, près de laquelle il était resté,
succomba à des fièvres continues,
quelques mois après son époux.

Je ne chercherai point à peindre
le nouvel accablement d'Alphonse.
Le cœur d'un fils aimant peut seul
le concevoir; lui seul peut attester
que le trait qui ravit les êtres chéris
de qui nous tenons l'existence est
le plus vivement senti. La perte d'un

frère, d'un ami nous afflige, nous déchire sans doute ; mais celle des auteurs de nos jours pénètre toute notre âme, et semble nous anéantir...

Heureux l'homme qui voit les jours de ses parens nombreux et paisibles ! heureux celui qui peut jusqu'au milieu de l'hiver de ses ans voir prolonger l'existence de ses pères, en recevoir les sages conseils, jouir de leur félicité séculaire, et ne les confier à la terre que près de se réunir à eux, comme à de tendres amis dont l'absence est insupportable !

CHAPITRE IV.

——

ORPHELIN à dix - sept ans, sans
biens, sans état, sans appui, Alphonse
douloureusement éprouvé, mais non
encore désabusé de ces rêves délec-
tables qui séduisirent sa confiante jeunesse , réfléchit au parti qu'il devait
prendre. Ne voulant rien solliciter
auprès de ses parens éloignés, trop
fier pour mendier l'humiliante protection des grands, son âme courageuse conçoit des desseins plus nobles, il résout d'être soldat. La carrière militaire est à ses yeux la plus
belle. Servir sa patrie, son prince,

lui paraissait les titres les plus recommandables. Il se propose de devenir par ses talens et des actions d'é-
clat le seul artisan de sa fortune, ou
de trouver au milieu des combats une
mort glorieuse.

Déjà il se préparait à faire les démarches nécessaires à son incorporation dans un régiment, lorsque
le colonel Dalméran son oncle lui
écrivit pour le prier de venir habiter
avec lui la maison de campagne où
il vivait retiré avec sa fille et Sophie,
depuis la mort de son épouse, promettant de lui servir de père, et de
le soutenir dans la carrière qu'il voudrait embrasser.

La première pensée d'Alphonse fut
de refuser ; mais réfléchissant que la
recommandation de cet ancien militaire pourrait lui être utile, il se dé-

cide à accepter ses offres généreuses.
Le désir de voir la jeune compagne
de son enfance, l'assurance de vivre
encore avec elle, de pouvoir encore
jouir de ces jours paisibles de tendresse, de confiance, qui n'ont pu
s'effacer de son cœur, ajoutent aux
considérations qui l'y déterminent.
Il répond en conséquence au colonel,
pour le remercier et l'avertir que
dans trois jours il sera près de lui.

En effet, il vend aussitôt le petit
mobilier, seul héritage de sa famille,
et fait tous les apprêts de son voyage.
Le château de Dalméran était situé à
dix lieues de-là; Alphonse espère y
arriver dans un seul jour.

Le lendemain aux premières lueurs
de l'aurore, il se charge d'un petit
sac composé de quelques hardes, et
se met en route. Dès les premiers

pas, il éprouve un serrement de cœur inexprimable. Vingt-fois il tourne ses yeux baignés de larmes vers cette maison témoin des jeux de sa paisible enfance, et qu'il abandonne peut-être pour toujours. Vivement ému, il avance dans la campagne. Tout lui paraît plus qu'à l'ordinaire charmant. Jamais le ciel de la patrie ne lui sembla si beau; ces cabanes couvertes de chaume, ces immenses prairies, ces vallons solitaires et ombragés, ont un attrait ravissant : il lui en coûte pour les abandonner. On ne sent bien réellement le prix d'un objet qu'au moment où on le perd. Il semble que la privation ajoute à sa beauté, à son mérite : on y est sans cesse ramené par les regrets. Alphonse reporte encore la vue sur le toit où il a pris naissance, s'arrête quelques instans pour le

contempler; puis levant les yeux vers le
ciel, il continue sa route d'un pas plus
rapide, et comme un homme impatient d'arriver au terme de sa course.

Différentes pensées agitent son esprit en marchant. Il se peint son oncle
sacrifiant tout pour lui créer un état
de vie honorable. Déjà il se voit ac-
cueilli dans la société, et assuré d'un
avenir heureux. Le malheur ne l'a
pas encore détrompé sur les illusions
séduisantes qui embellissent tout ce
qui est inconnu. Il se promet des
jours de félicité. Il ose même ouvrir
son cœur à de tendres sentimens.
Sophie lui paraît toujours aimante et
fidèle; il sourit d'avance à son empressement à venir à sa rencontre; il
jouit de ses douces caresses. Il ne doute
nullement que le colonel n'approuve
ses vœux, et ne facilite son union

avec cette cousine adorée. Plein de
cette délicieuse confiance, il ne pense
point aux fatigues du voyage, il ne
s'aperçoit point qu'il est couvert de
poussière et inondé de sueur ; il ne
voit, il ne sent que le bonheur qu'il
va goûter.... C'est ainsi que l'imagination aime toujours à parer ce que
les désirs ont constamment recherché,
et que rien ne saurait faire oublier un
bonheur do██ cœur a rêvé la possibilité.

Telles furent les affections d'Alphonse pendant la route. Déjà le soleil était près de terminer sa carrière,
qu'il n'avait point aperçu le château
du colonel. Il hâte le pas pour n'être
point surpris par la nuit. Il arrive enfin à une longue avenue de marroniers que borne une espèce de château fort, agréablement situé, mais

d'une forme gothique assez semblable à ces massives constructions du treizième siècle, échappées à la ruine des temps. Il ignore si c'est là l'habitation de son oncle. Le froissement des feuilles desséchées qu'agitent ses pieds tire de sa méditation un vieux militaire décoré, assis au pied d'un arbre, un livre à la main. Alphonse l'aborde, et s'informe près de lui si le château qu'il aperçoit est celui de M. Dalméran. Le vieillard l'ayant considéré quelque temps avec une sorte d'intérêt lui répond affirmativement. Alphonse le remercie, et prend aussitôt l'avenue.

Au bout de quelques pas, il est à son tour atteint par le vieillard.

— Jeune homme, excusez ma demande : Allez-vous au château ?

— Oui, monsieur; je suis le ne-

veu de M. Dalméran. Je vais y demeurer.

— Vous ! s'écrie le vieillard ; ô
Alphonse ! mon cœur, mes pressentimens ne m'ont donc point trompé.
Cher enfant, je suis votre oncle. En
achevant ces mots, il presse notre
voyageur sur son sein ; une douce
émotion humecte ses yeux de larmes.
Celui - ci, délicieusement surpris,
reste immobile de plaisir entre les
bras du vieillard. Son front rayonne
d'allégresse. Il voit un ami, un frère
de l'auteur de ses jours ; il retrouve
en lui son image adorée et ses pré-
cieuses vertus : joyeux, attendri, il
ne peut s'arracher de ses bras ca-
ressans.

Après les premiers momens d'une
reconnaissance pleine de charmes,
M. Dalméran conduit Alphonse à

son habitation ; il lui raconte en chemin les causes qui l'ont empêché de se rendre auprès de son frère expirant : de violens et presque continuels accès de goutte l'ont retenu renfermé. Alphonse au souvenir de son père donne des marques de sa tendresse et des regrets les plus touchans.

Arrivés au château, le colonel s'empresse aussitôt de faire servir à son neveu des rafraîchissemens, et ne cesse de lui témoigner les attentions les plus consolantes. Alphonse est ému, et le remercie affectueusement ; cependant, une sorte de contrainte enchaîne tout à coup ses mouvemens et sa langue ; ses yeux sont distraits, son attention est partagée : il semble chercher avec inquiétude autour de lui quelque chose dont il

a besoin et qu'il n'ose demander. Son
cœur appelle Sophie ; il interroge en
vain tous les visages qui l'entourent;
pas un ne lui offre ses traits chéris.
Hélas ! il avait cru qu'elle se serait
hâtée de venir à sa rencontre. Elle
seule l'attirait dans ce lieu ; elle seule
devait le lui faire aimer; et il ne la
voit point. Ah ! sans doute, se disait-
il intérieurement, elle ne partage
plus mes sentimens. Déjà son cœur
murmurait de son peu d'empressement à le revoir après une si longue
absence, lorsque le colonel, s'apercevant de sa secrète agitation, lui en demande le sujet. Trop accablé d'inquiétudes, Alphonse le lui communique
d'une voix timide. M. Dalméran sourit
avec bonté, et lui dit qu'il va à l'instant la prévenir de son arrivée ainsi
que sa fille. Il le conduit aussitôt dans

un salon, et le laisse seul en proie
aux plus douces agitations.

Pendant qu'il se remet de ses fatigues, et se livre à la joie de trouver
dans le vieux colonel un parent sensible et généreux, traçons en peu de
mots à nos lecteurs le portrait de ce
dernier.

M. Dalméran était un ancien militaire âgé de soixante-huit ans, d'une
figure ouverte, d'une taille élevée
d'un esprit cultivé, qui devait son
avancement à ses seuls talens, à son
extrême bravoure. Devenu riche par
de prudentes économies et un mariage
avantageux, il jouissait paisiblement
du fruit et des honneurs de ses long
services. Philosophe aimable, d'un
caractère excellent, il s'occupait encore après avoir versé son sang pour
sa patrie, de l'éclairer par des ouvrages

utiles, et d'en soulager les malheureux
de tout le surperflu de ses biens. Sa
franchise, son affabilité, sa gaîté constante, plus encore que le luxe de sa
table lui attiraient de nombreuses vi-
sites. Tel était M. Dalméran.

Alphonse se sentait déjà porté à
l'aimer comme un père. Assis dans le
salon, il s'abandonnait au charme
qui l'environnait.

Déjà il s'était passé près d'un quart
d'heure sans que personne vînt l'y
trouver. Jamais attente ne lui parut
plus longue. Le moindre bruit qu'il
entendait, les pas des domestiques
qui allaient et venaient le faisaient
tressaillir. Une porte voisine s'ouvrait-
elle, un tremblement subit agitait
tout son corps. Son cœur battait avec
violence, il se levait précipitamment,
attendait avec des transes pénibles,

en prêtant une oreille attentive. Enfin le salon s'ouvre. Une jeune personne d'une extrême beauté paraît. Elle semble surprise et même un peu troublée à la vue d'un étranger ; mais elle se remet bientôt, et salue avec une sorte d'étourderie pleine de grâces et de simplicité. Alphonse demeure debout, n'osant proférer une parole, ni faire un seul mouvement. Il ne sait si c'est Sophie ou la fille du colonel. Ses yeux la fixent avec une attention mêlée de crainte et de désir. Il compare ces traits éblouissans avec les traits non encore développés que son cœur lui avait conservés de son amie. Ses regards opiniâtrément fixés sur la jeune personne la font légèrement rougir. Elle va se retirer. Il craint, il redoute de ne pouvoir avant s'en être fait connaître. Si c'est Sophie, se dit-il intérieurement, quel reproche de ne l'avoir pas reconnue! Assurément ce ne peut être qu'elle. Nulle autre pourrait-elle avoir cette physionomie céleste, cette taille élégante, ces formes gracieuses, ces yeux superbes où brille le feu de l'esprit et du génie? nulle autre pourrait-elle posséder à la fois tant d'attraits si séduisans? Ces pensées s'offrent à son esprit avec la rapidité de l'éclair, et cependant il hésite encore; un pénible pressentiment, une force irrésistible enchaînent ses pas. Ses sensations diverses, son embarras ne se peuvent décrire. Il voudrait la retenir, lui dire qu'il est l'ami de son enfance, et la parole s'éteint sur ses lèvres timides.

Cependant la jeune personne va sortir; il voit son mouvement; il tres-

saille de crainte et s'accuse de pusil-
lanimité ; il s'avance enfin vers elle.
Éperdu, transporté, il tombe à ses
pieds en prononçant, d'une voix étouf-
fée, le nom de Sophie.

Surprise, étonnée de sa posture,
de sa liberté, la jeune fille veut fuir.
Alphonse la retient par sa robe, se
nomme, la supplie de le laisser jouir
de sa présence adorable, lui adresse
les complimens les plus flatteurs. L'é-
motion la plus douce agite sa voix,
anime ses traits ; l'amour le plus brûlant est dans son sein.

La jeune personne s'arrête invo-
lontairement, laisse tomber sur Alphonse des regards interdits, mais
nullement sévères. Un léger sourire
de bonté effleure même ses lèvres,
soit qu'elle partage soudainement
l'agitation de l'étranger, soit qu'elle

trouve cette aventure singulière. Elle garde le silence, comme si elle voulait se recueillir pour jouir de l'ivresse de cet hommage. Alphonse persuadé que c'est Sophie s'abandonne aux transports de félicité de trouver une amie dont la beauté est le moindre mérite : il veut prendre une de ses mains pour la presser sur son cœur, lorsque la jeune personne, affectant tout à coup un air gravement enjoué, déchire le bandeau de sa douce illusion, en lui apprenant qu'elle est la fille du colonel. A peine a-t-elle dit, qu'elle s'échappe, le laissant seul confondu de sa méprise, et incertain s'il doit la croire.

Il ne resta pas long-temps dans ce doute pénible. M. Dalméran entra aussitôt en annonçant Sophie. Encore tout étourdi de son aventure, Al-

*

phonse, croyant achever un rêve enchanteur, lève machinalement les
yeux. Ciel! quel objet s'offre à sa
vue! Une femme dont le visage ré-
cemment défiguré par la petite véro-
le contraste étrangement avec l'éclat
de la beauté de la personne qu'il a
d'abord vue. Il recule étonné; une
sorte de répugnance insurmontable
le fait malgré lui détourner la tête;
un dépit amer saisit à l'instant son
cœur et le livre aux regrets : on ne
l'avait point prévenu du changement
opéré dans Sophie. Il s'était attendu
au contraire à la retrouver embellie.
Son imagination s'était plue à lui sup-
poser les grâces les plus séduisantes.
De quelles pénibles sensations ne fut-
il pas accablé, en sentant lui échapper le vain fantôme de perfection
idéale qu'il s'en était formé. A peine

pouvait-il en croire le témoignage de ses yeux. Il ne répondait aux caresses de cette cousine toujours aimante que par des marques d'attachement froid, et des retours que nécessitaient les seules bienséances.

Le colonel, s'apercevant de l'effet que Sophie produisait sur Alphonse, lui dit : « Mon ami, votre cousine vous paraît bien changée, n'est-ce pas ? Assurément, elle n'est pas telle qu'elle promettait d'être, lorsque vous la quittâtes ; mais c'est un accident dont elle est déjà consolée. »

Sophie sourit à ces paroles. Le colonel poursuivit : La maladie qui ne respecte ni la vertu, ni la beauté, lui a enlevé quelques dons extérieurs de la nature ; mais les qualités de l'âme lui restent. C'est assez pour l'estime des hommes sages. Sophie baissa mo-

destement les yeux vers la terre, et remercia son oncle avec esprit. Le son
de sa voix avait une douceur ravis-
sante, et son maintien une décence
céleste. Alphonse tressaillit à ces tendres accens si connus; son cœur en
fut puissamment ému. Les liaisons du
premier âge s'effacent difficilement ;
on ne peut oublier tout d'un coup
les êtres que l'on aima, qui parta-
gèrent nos plaisirs innocens, qui nous
en procurèrent de délicieux. La mémoire au défaut du cœur est recon-
naissante, et l'homme que le vice n'a
pas encore flétri ne résiste point à
l'enchantement des souvenirs, ne
fausse point les sermens solennels
d'un attachement pur et vertueux.

Alphonse éprouva bientôt ce retour délicat de tendresse, cet attrait
impérieux du premier attachement :

il jurait secrètement d'y rester à jamais fidèle, lorsque la fille du colonel entra. Celui-ci ignorant ce qui
s'était passé s'empressa de la présenter à son neveu : Alphonse la salua
avec confusion. M. Dalméran se
tournant vers ces demoiselles leur
dit : Votre cousin, mes filles, est malade et malheureux ; dès ce jour il
devient mon fils adoptif. Les plus
honorables succès dans ses études, et
les excellens témoignages de ses maîtres lui méritent des éloges. Toutefois la fortune ne l'a pas récompensé
comme les muses; mais j'espère que
vous vous réunirez à moi pour le
venger des coups du sort, et que nous
jeterons ensemble quelques fleurs sur
son existence décorée. La fille du colonel sourit en minaudant, et avec
une expression maligne; se possédant

assez, elle adressa à son jeune parent
un compliment spirituel, mais où
perçait une légère nuance d'ironie.
Alphonse troublé balbutia quelques
mots sans suite et à mi-voix. Pour
Sophie, elle rougit, baissa les yeux;
et saisissant la main de son oncle, elle
la porta à sa bouche, comme si elle
eut voulu l'assurer, par ce langage
muet, du bonheur qu'elle trouverait
toujours à lui obéir.

Le colonel, après ces témoignages
réciproques d'honnêteté, changea la
conversation en l'amenant sur la
perte des parens de son neveu : il demanda à en connaître les détails. Alphonse fit avec chaleur, et en s'aban-
donnant à tous les mouvemens d'un
cœur tendre, le récit de ses malheurs.
Bientôt il vit tous les yeux pleins de
larmes..... Oh! combien son âme fut

émue de ces douces marques d'intérêt! Il regardait ses auditeurs avec
reconnaissance, et les remerciait avec
simplicité. Si j'ai été malheureux,
leur disait-il, près de vous je sens
que l'adversité ne pourra plus me
frapper. Des momens pareils à ceux
que j'éprouve effacent les douleurs,
et les éloignent pour jamais.

Cependant, le colonel, jugeant
qu'Alphonse avait besoin de repos,
le conduisit dans l'appartement qu'il
lui avait fait préparer, et se retira méditer de son côté sur la conduite
qu'il devait tenir envers ce jeune
homme doué de qualités aimables,
et qu'il chérissait déjà comme un
fils.

———

I.

3

CHAPITRE V.

—

Pouvoir des souvenirs, charmes d'un premier amour, empire des vertus, vous triomphez des années et de l'éclat passager de la beauté. Par vous l'homme séduit est toujours ramené à votre culte sacré. Eh! que peuvent contre les affections accueillies par notre enfance et fortifiées par les beaux jours de la jeunesse les erreurs de l'imagination, les écarts du cœur? La nature repousse leurs efforts chimériques de toute la force des nombreuses années de fidélité qui parèrent le matin de la vi e.

Alphonse resté seul dans son appartement chercha d'abord à goûter dans le sommeil un délassement nécessaire; mais ce fut envain : trop pénétré des boutés de son oncle, il rappela dans sa mémoire son accueil flatteur, ses paroles bienveillantes; il chercha à deviner ses projets, et médita de se rendre digne de tant de générosité. Rassuré sur les intentions de ce parent sensible, il reporta ses pensées sur ses cousines. La beauté extraordinaire de Flore (c'est ainsi que se nommait la fille du colonel) l'occupa encore vivement. Jamais tant d'attraits, jamais tant de grâces n'avaient jusqu'alors paru à ses yeux ravis : il aimait à se les retracer, à en faire le détail. Une seule chose toutefois lui semblait ternir ces avantages brillans. Il avait cru découvrir déjà

*

dans cette femme charmante un caractère léger et insouciant : cette
idée l'affectait péniblement. Il eût
préféré moins de régularité et plus de
sens. Qu'importent, se dit-il, les fra-
giles dons du corps, lorsque le cœur
est aride et l'esprit frivole ? La beauté
sans les qualités de l'âme et les fruits
précieux de la sagesse, n'est qu'un
présent funeste et dangereux. La
légèreté n'enfante que des défauts, et
l'insouciance n'est que l'odieux partage des personnes froides et égoïstes.
Ah ! loin de moi, ajouta-t-il, l'âme qui
n'accueillerait pas mes goûts, qui ne
partagerait pas mes sentimens ! Non,
ce n'est point là l'être qui peut entendre mon cœur et y répondre.
C'est toi, douce et simple Sophie,
c'est toujours toi qu'appellent mes
désirs ; c'est toi que je venais revoir,

Hélas! dans quel état t'ai-je retrouvée?
Tu étais autrefois le chef-d'œuvre de
la nature, et aujourd'hui tes traits
sont entièrement défigurés.... Mais
qu'importe? ton âme est toujours
excellente et vive, ton caractère toujours égal et bon. Les plus beaux talens
ornent ton esprit, les plus aimables
qualités ton cœur. Malgré l'absence de
ta beauté, jadis si accomplie, je me sens
toujours attiré vers toi par une force
supérieure. En t'écoutant j'oublie le
ravage de tes traits ; ta candeur naïve
donne à ta physionomie une aimable
expression de calme et d'affabilité
qui charme et qui ravit, comme aux
premiers jours que je te connus.

Ces sages réflexions réveillèrent la
tendresse, les sermens d'Alphonse, et
lui rappelèrent les rapides années de
son enfance, les jeux, les plaisirs in-

nocens goûtés avec Sophie. Il se retraça ces belles matinées de printemps,
où il allait avec elle, sous l'ombrage
touffu d'un arbre embaumé des plus
suaves parfums, lire les idylles de Ges-
ner et les pastorales de Florian; ces
souvenirs de félicité passée l'attendri-
rent. Il se sentit porté à aimer toujours
Sophie. Cette douce habitude de la
chérir était depuis long-temps dans
son cœur. Elle commença pour ainsi
dire avec sa vie, à cet âge du moins
où les sens n'ont encore aucun empire sur l'homme. Il n'adora Sophie
qu'à cause de sa douceur, de sa bonté.
Ces qualités, il les retrouve encore
plus séduisantes que jamais. Que re-
gretterait-il donc? la beauté? Ce ne
fut point l'attrait qui l'amena d'abord
aux pieds de son amie.

Ces pensées raisonnables le conso-

lèrent et servirent à l'affermir encore
davantage dans l'amour qu'il avait
juré à Sophie. Le bonheur n'est réellement qu'où l'imagination le place:
c'est la forme sous laquelle on l'envisage qui lui donne un charme, un
goût délicieux.

Alphonse satisfait se coucha enfin.
Bientôt le sommeil du plaisir vint
réposer ses membres fatigués. Le
matin, il s'habilla promptement, et
courut à l'appartement du colonel ;
mes respects et ma reconnaissance,
lui dit-il, doivent prévenir votre lever:
Puissent vos jours, ô mon excellent
oncle, s'écouler constamment heureux ! Ce dernier le pressa sur son
sein ; ses yeux s'humectèrent de
larmes :

— Alphonse, répondit il, vous
ajoutez à mon bonheur : je saurai

vous en récompenser. Monsieur Dalméran ayant passé un vêtement de
négligé, ils furent ensemble, en attendant le déjeûner, respirer la fraîcheur
dans le parc. Pendant leur promenade, le colonel fit part à son neveu
du genre de vie qu'il menait, de l'é-
ducation qu'il donnait à Flore et à
Sophie, et des délassemens qu'il aimait à goûter. Ils rentrèrent un peu
tard au château ; ils y trouvèrent ces
demoiselles qui les attendaient pour
déjeûner. Flore se montra vive, en-
jouée : elle était parée avec coquette-
rie et prétention ; la joie semblait
avoir épanoui son front; les grâces ne
réunissaient pas plus de charmes. Alphonse demeura un instant ébloui de
tant d'attraits. Sophie au contraire
était mise avec simplicité; son air
était calme et serein; l'expression de

son regard avait une douceur angé-
lique qui peignait la paix de son âme.
Elle n'avait voulu paraître à Alphonse
que ce qu'elle était. Le retour de ce
cousin tendrement chéri, dont elle
avait souvent entretenu Flore, l'avait
charmée; mais trop raisonnable pour
croire qu'elle en serait encore aimée
comme autrefois, elle cherchait à pré-
munir désormais son cœur contre une
passion, qui certainement ne pouvait
plus être partagée. Elle savait que la
beauté est une divinité tyrannique,
qui exige impérieusement les hom-
mages de la jeunesse : elle se consolait sagement de ne pouvoir les attirer
par ce moyen.

Oh! combien elle fut délicieusement affectée en voyant cet Alphonse,
brillant de grâces et d'esprit, ne s'occuper que d'elle, et lui témoigner cet

intérêt touchant, cette même vivacité
de tendresse qu'aux premiers jours de
leur enfance ! Continuellement à ses
côtés, il lui disait avec ce regard qui
peint et persuade, avec cet accent que
l'indifférence ne peut imiter, qu'il
l'aimait toujours éperdument. Sophie
émue rougissait, lui répondait avec
modestie et candeur, et l'assurait de
son sincère attachement. Elle connaissait enfin cette félicité inexprimable qui remplit une âme sensible,
et elle ne cherchait point à la cacher.

Alphonse se vit aimé comme il
l'était avant son départ ; et cette connaissance, en assurant son bonheur,
le pénétra de la plus douce joie.

Cependant, son sort venait de
changer. Heureux d'habiter avec son
amie, de pratiquer le bien à l'exemple de son oncle, ses jours s'écou-

laient sans qu'il s'aperçût de leur
nombre. Les plaisirs de la campagne
partageaient souvent ses loisirs après
les heures de l'étude. Plein d'humanité pour les malheureux habitans du
village, il s'occupait du soin de les
secourir, de les consoler. Souvent,
après avoir arraché au désespoir une
famille qui n'avait que des larmes, il
volait réconcilier un fils coupable
avec son père. Tantôt c'était de l'ouvrage qu'il procurait à un pauvre artisan ; d'autres fois, c'était un domestique qu'il faisait agréer dans les fer-
mes voisines. Chacun de ses jours
était marqué par des bienfaits ou par
des actions louables.

M. Dalméran jouissait secrètement
de ces sublimes dispositions. Il recueillait avec attendrissement les éloges qu'il en entendait faire de toutes

parts. Fidèle à sa promesse, et voulant récompenser les nobles sentimens de son intéressant neveu, il résolut de lui faire suivre la carrière du barreau et de l'établir convenablement et avec aisance.

Sophie, à la vue de la conduite d'Alphonse, demeurait attendrie, et l'en estimait davantage. Ses vœux les plus ardens étaient pour la conservation de ses jours, pour sa félicité la plus chère.

Il n'en était pas ainsi de Flore : elle traitait la sensibilité de son cousin d'extravagance, et sa gravité de pédanterie. Elle eût préféré à ces manières simples et décentes ce ton fade, cet air étourdi, ce jargon inintelligible de fatuité, partage pitoyable de quelques individus frivoles et encroûtés d'ignorance et de présomp-

tion. Indignée de n'avoir pu soumettre son cœur, elle cherchait à s'en
consoler par les marques du mépris le
plus offensant.

Alphonse feignait de ne point s'en
apercevoir ; quelquefois il en gémissait en secret. Trop simple pour en
deviner la source, il l'attribuait aux
craintes que cette injuste parente
avait de le voir lui enlever, un jour,
une portion de l'héritage de son père.
Il eût voulu la rassurer sur sa délicatesse, et la persuader de l'intention
où il était de ne rien accepter de ses
biens ; mais il n'osait lui en parler,
crainte de l'aigrir davantage. Il se
décida à attendre une circonstance
favorable, qui le mît à même de mani-
fester son désintéressement. Elle ne
tarda pas à s'offrir ; nous allons voir
ce qui y donna lieu.

CHAPITRE VI.

Pour se distraire du chagrin profond que lui causaient les injustices de Flore, Alphonse était allé un jour se promener dans la campagne ; absorbé dans de mélancoliques rêveries, il ne s'aperçut pas qu'il s'éloignait du château. Déjà le disque enflammé du soleil était près de s'enfoncer sous l'horizon ; déjà les ombres des arbres s'allongeaient dans la plaine, et la fumée s'élevait des toits de chaume. Le pâtre joyeux ramenait ses troupeaux à la bergerie. Alphonse dis-

trait avançait toujours. Le bruit des
pas précipités d'un cheval qui arrivait
vers lui, ne le tirait pas même de ses
réflexions.

— Prenez donc garde, s'écria une
voix rude. Il leva la tête, et vit un
cavalier qui, au détour d'un sentier,
lui barrait le chemin. Alphonse s'é-
carta sans regarder.

— Monsieur, lui dit le voyageur,
m'enseigneriez - vous si le château
que je découvre au loin est celui de
M. Dalméran ? Alphonse lui répondit
affirmativement, et avec la même indifférence. Le cavalier reprit :

— Pourriez - vous, monsieur, me
donner des renseignemens sur ce
M. Dalméran ?... Ces mots tirèrent
tout à coup notre promeneur de sa
rêverie ; il fixa alors son interroga-
teur : c'était un militaire d'un moyen

âge ; son œil était étincelant et hardi,
son teint bruni, et son corps robuste :
on apercevait dans sa physionomie
quelque chose de faux et de perfide,
que sa voix éclatante et son ton brus-
que ne servaient encore qu'à mieux
faire remarquer.

— Si monsieur désire connaître
le colonel Dalméran , dit Alphonse
avec fierté, il n'a qu'à interroger les
indigens de ce pays, et ouvrir l'histoire de la conquête d'Italie ; il le
verra conduire son régiment constamment à la victoire, être le père de
ses soldats et le bienfaiteur des vaincus. En achevant ces mots, il tour-
na brusquement le dos au cavalier,
et se rendit au château par une autre route : il était nuit lorsqu'il y arriva.

En rentrant, il trouva son oncle et

ses deux cousines conversant avec le
cavalier qui l'avait arrêté. Ce dernier
reconnut Alphonse sur-le-champ ;
mais se possédant assez pour dissi-
muler son embarras, il affecta un air
aisé.

Voici mon neveu, dit le colonel
au voyageur ; je vous le présente,
monsieur, comme un sujet excellent.
L'étranger s'inclina légèrement, et
adressa à Alphonse de ces complimens insignifians, qu'on est loin de
croire, mais qu'on prodigue envers
tout inconnu, lorsque l'amour-pro-
pre ne veut pas demeurer court. Celui-ci, de son côté, le salua avec froideur, et de cet air qui voulait dire :
j'apprécie vos civilités à leur juste
valeur ; je sais à quoi m'en tenir sur
votre compte.

C'était jour de réception ; quelques

I. 3.

voisins de campagne avec leurs épouses venaient d'arriver. Alphonse se
retira furtivement dans sa chambre
pour s'habiller : il descendit au bout
de quelques minutes au salon. Après
avoir salué la compagnie, il aborda
Sophie, et s'entretint avec elle. Cette
dernière lui apprit que le voyageur
allait demeurer quelque temps au
château : son étonnement à cette nouvelle fut à son comble. Il éprouva
un serrement de cœur inexprimable,
et ne put se défendre de mille sombres pressentimens, en voyant son
oncle traiter cet étranger avec beaucoup de considération, en l'entendant appeler colonel. Il examina de
nouveau ce personnage. Il était en ce
moment près de Flore, et lui débitait
de ce ton présomptueux et léger, qui
décèle l'habitude du vice et la fré-

quentation des femmes perdues, mille fadeurs décousues. Ses manières
étaient libres, sa contenance indé-
cente, et ses discours frivoles ; il riait
bruyamment au moindre sujet, et
s'applaudissait de mille plats et ineptes calembourgs dont il avait, comme
tous les sots, la ridicule manie. Sa
gaieté avait quelque chose de forcé,
et jamais sa physionomie n'était en
harmonie avec ses discours. Il racontait les choses les plus terribles, avec
un calme glacial ; et s'il approuvait ce
que vous disiez, c'était avec ce sourire
fat et ironique qui exprime l'odieux
persiflage. Sa mise du reste était re-
cherchée, sans qu'elle lui allât bien :
dépourvu même, malgré son grade,
de ce vernis d'usage qui supplée
pour l'ordinaire chez bien des gens
au défaut d'éducation, le colonel

*

Brulmonti (c'est ainsi que s'appelait le voyageur) paraissait être en
toute sa personne en opposition à lui-
même.

Lorsque la compagnie fut écoulée,
Alphonse, rentré dans sa chambre,
voulut se livrer au repos ; mais le souvenir du voyageur se retraça à son esprit, et l'occupa péniblement. Quel est
cet homme ? se disait-il : quels motifs
l'amènent près de nous ? que vient-il
faire dans ce séjour solitaire ? Il n'est
pas ordinaire qu'un officier s'éloigne
ainsi de la société et du tourbillon
des plaisirs séduisans. Le caractère
de cet homme-là ne me semble pas
porté à la solitude : ce n'est pas non
plus l'amitié qui l'a conduit ici ; il ne
connaissait point mon oncle.

Serait-ce la réputation de la beauté
extraordinaire de Flore ? Mais nous

ne sommes plus dans les siècles de
chevalerie. Nos guerriers sont cour-
tois, galans, aimables, j'en conviens;
mais on ne trouve point parmi eux
des *Don Quichotte* du sentiment.
L'amour, de même que la victoire,
les favorise trop pour les faire courir
après des conquêtes éloignées, lorsqu'ils ne peuvent suffire à celles qui
s'offrent sous leurs pas. Le colonel
Brulmonti serait-il de cette méprisable espèce de gens qui rejette des
liaisons douces et paisibles, pour n'aimer que les fruits du vice et de la
séduction ?... Cet homme-là n'est
point Français: on le voit à son langage et à ses manières. Il a certainement des mœurs bien étrangères à
celles de notre pays. Je crains que son
séjour ici ne soit funeste.

Telles étaient les réflexions d'Al-

phonse ; il se coucha inquiet et dé-
sagréablement affecté ; son sommeil
fut troublé par des songes sinistres
qui vinrent encore rembrunir ses
idées. Le jour qui suivit ne lui pro-
cura pas davantage de repos. Vainement il chercha à entretenir son
oncle : l'étranger était toujours à ses
côtés, et ne le quittait plus. Flattant
bassement ses goûts, approuvant toutes ses pensées, le louant d'une manière outrée, il s'était créé son com-
plaisant, son admirateur, son apolo-
giste : aussi empressé à l'égard de
Flore, qu'il l'était près de M. Dalméran, il rendait toute conjecture difficile sur son compte.

Plusieurs jours s'écoulèrent ainsi,
sans qu'Alphonse pût pénétrer ses
intentions. Ce dernier découragé
commençait à croire qu'il s'était pro-

bablement trop alarmé, lorsqu'un
soir, il vit entrer son oncle dans sa
chambre, le visage inondé de larmes,
et dans les agitations du plus affreux
désespoir.

— Frémissez, mon cher Alphonse,
s'écria-t-il en s'avançant : un être
vil, un monstre, le colonel Brulmonti, trahissant l'hospitalité et la délicatesse, m'a enlevé ma fille.

Ces paroles frappèrent Alphonse
comme d'un coup de foudre. Bientôt
la colère agita ses membres, il re-
garda avec égarement ce père infortuné, puis saisissant sa main et la serrant avec force, il jura de le venger, de
punir le traître. Il voulut courir à
l'instant à sa poursuite; monsieur
Dalméran l'arrêta.

— Alphonse, lui dit-il, vous ignorez où le scélérat s'est retiré; vos dé-

marches seraient infructueuses : at-
tendons que j'aie eu des renseignemens certains. Brulmonti est en activité de service ; j'écrirai au ministre
de la guerre ; nous saurons par Son
Excellence le lieu de la retraite de ce
perfide. Alors, mon ami, je ne vous
retiendrai plus. Vous volerez laver
dans le sang d'un lâche l'outrage affreux dont il souille mes cheveux
blancs. Hélas ! si mon corps épuisé par
les attaques de la goutte me laissait
assez de force, je n'eusse point eu
recours à un bras étranger.... Mais
vous connaissez mon état.

— O mon bienfaiteur ! s'écria Alphonse, mon zèle à venger l'honneur
de ma famille vous prouvera mon dévouement. Monsieur Dalméran embrassa son neveu pour le remercier.
Ce n'est pas tout, ajouta-t-il ; le scélé-

rat a cherché hier au soir à corrompre
ma fidélité : il a osé me solliciter
d'entrer dans une conspiration. J'ai
d'abord repoussé loin de moi avec
horreur ses insinuations criminelles,
ayant pour maxime de n'entrer jamais dans les passions coupables de
quelques mécontens. Il cherchait
encore à me gagner, me soupçonnant
faible. Indigné, je lui ai reproché
son audace. Mes expressions étaient
dictées par la colère ; car quiconque
me méprise assez pour exiger de moi
ce qui est contraire à l'honneur, me
dispense des moindres égards. Surpris, désappointé, cet homme vil s'est
oublié jusqu'à me menacer pour
m'empêcher de parler de ce complot.
Je ne crains que l'infamie, lui ai-je
dit. Le poignard d'un scélérat n'inti-
mide point une âme honnête ; un

I.

4

Français ne balance point avec son devoir ; j'instruirai le ministère public.

J'achevais ces paroles : Brulmonti était furieux, et se serait sans doute porté à quelques violens excès, lorsque nous avons été interrompus par des étrangers.

— Tremble, m'a-t-il dit ; ta vie dépend de ton silence ou de ton indiscrétion. Pour toute réponse, j'ai laissé tomber sur lui un regard de fierté et de mépris. Il s'est retiré pâle et défait. Quelques heures après je suis rentré, ses effets étaient déjà partis. Sans doute ce matin il aura surpris Flore se promenant au parc, ainsi qu'elle en a l'habitude, et l'aura enlevée.

Alphonse conseilla à monsieur Dalméran d'avertir l'autorité de cette conspiration. Son oncle l'ayant assuré

que c'était son intention, ils écrivi-
rent sur-le-champ au ministre pour
leur justification; et lorsque les dépêches furent terminées, Alphonse
alla, le lendemain, les déposer au
bureau des postes de la ville voisine.

*

CHAPITRE VII.

LES plus noires inquiétudes agitaient Alphonse le long de la route. Il pensait aux criminels projets de Brulmonti, à son inconcevable audace. De quelles bassesses n'est pas capable, se disait-il, l'être qui, oubliant ses devoirs envers son pays et son prince, cherche encore à porter dans le berceau de l'ordre la division et la tempête? Que peut-il y avoir de sacré pour celui qui a foulé aux pieds les plus nobles sentimens de l'âme? La vertu elle-même n'est pas à l'abri

des infâmes calomnies de la scélératesse. Brulmonti n'ayant pu séduire
un ancien officier, éprouvé par quarante ans de dévouement et de services
envers sa patrie, doit craindre le généreux courage de ce brave militaire.
Il n'attendra pas qu'un sujet si constamment pur et incorruptible dévoile
au ministère les funestes complots
qui veulent secrètement renverser le
pouvoir suprême. Il ira le premier,
avec cette hardiesse que donne souvent le péril, accuser l'innocence
pour soustraire sa tête au glaive de la
justice. Son poignard, ceux de ses
complices demeureront cachés et toujours prêts à frapper. Je frémis... ô
Dieu! ne permets pas que le crime
triomphe! sauve mon pays des fac-
tions exécrables, qui déjà inondèrent
de sang nos cités consternées.

Tels étaient les pensées et les
vœux d'Alphonse pendant la route.
Arrivé de bonne heure à Niort, lieu
où il devait déposer ses lettres, il
courut d'abord au bureau des postes
s'acquitter de sa commission. Comme
il se rendait dîner à une auberge, il
rencontre un régiment qui revenait
de la parade; il se range de côté pour
le voir défiler; il admire l'ordre et la
bonne tenue des soldats, l'air distingué et martial des chefs. Les fanfares
guerrières que sonnaient plusieurs
trompettes font battre vivement son
cœur. L'uniforme brillant de ces défenseurs de l'état charme ses regards
ravis. Il est tout au plaisir de contempler ce spectacle, lorsque parmi les officiers il voit, il reconnaît Brulmonti.
Soudain, la colère et l'indignation l'a-
niment de leurs plus violens trans-

ports. Il maudit la loi qui rend inviolable le militaire sous les armes : sans elle, il s'élancerait sur ce traître. Maîtrisant à peine la fureur qui l'agite, il suit de loin le régiment jusqu'à sa caserne ; arrivé sur la magnifique place que décore ce bâtiment superbe, il attend le moment où l'état-major se retire. Bientôt il voit sortir Brulmonti avec quelques officiers ; il l'aborde avec fierté : Perfide, lui dit-il, le ciel t'offre enfin à ma vengeance... Homme vil et sans délicatesse, qui osas trahir l'hospitalité généreuse et insulter lâchement la vieillesse impuissante d'un respectable guerrier, tu as vainement espéré que tes crimes monstrueux resteraient impunis. Si tu n'es pas aussi lâche que tu es méprisable, tu ne refuseras pas la satisfaction que l'honneur m'oblige à tirer de toi.

Brulmonti, à la vue d'Alphonse, était d'abord demeuré stupéfait. Bientôt la colère s'empare de son âme : il lance un regard terrible sur le neveu de monsieur Dalméran, et lui répond d'un ton plein de hauteur qu'il ne peut, sans se compromettre, se battre avec un enfant.

— Lâche ! lui réplique Alphonse ; ta réponse n'est que le refus d'un cœur sans énergie. Cet enfant que tu dédaignes t'estime depuis long-temps à ta juste valeur : s'il vient te défier, c'est qu'il se sent la force de te châtier... Point de détour : tu as indignement outragé ma famille. Ce n'est que dans le sang que se lave le déshonneur ; viens sur le champ même, ces messieurs auront la complaisance de nous accompagner ; ils seront témoins de ce que peut un enfant contre

un scélérat, un odieux conspirateur...
C'est avec le fer, et non avec des
paroles, que doivent se rétablir nos
réputations.

Les officiers qui entourent Brulmonti se regardent avec étonnement ;
leurs cœurs tressaillent de plaisir.
Ils aiment à retrouver dans un jeune
homme ce noble courage qui les anime. Ils reportent leurs yeux sur le
colonel. Celui-ci lit leurs pensées,
et n'en devient que plus embarrassé ;
ne pouvant éviter de répondre au défi
public qui lui est fait, il se tourne vers
Alphonse, et lui dit avec insulte et
bravade, qu'il consent à le corriger.

Ils se retirent dans un lieu écarté.
Le choix des armes est donné. Brulmonti demande l'épée.

Les deux adversaires se mettent en
garde ; leurs fers se croisent et cher-

chent leurs cœurs; Alphonse avait
long-temps cultivé l'escrime au lycée,
et y était même très-habile; il porte
des coups vigoureux que le colonel
pare avec beaucoup d'adresse. Après
quelques minutes passées à étudier
réciproquement leur côté faible, Brulmonti se précipite en furieux, et parvient à blesser à l'estomac son jeune
adversaire. A la vue du sang de ce
dernier, un sourire féroce paraît alors
sur ses lèvres; l'insulte et la raillerie
sortent de sa bouche.

— Ce n'est rien, lui dit Alphonse,
je me sens encore assez de force pour
punir l'atrocité de tes projets; recom-
mençons. Ils se replacent. Le colonel
enhardi par ce succès croit n'avoir
plus besoin d'attention; sa confiance
en ses forces lui fait dédaigner les
attaques d'Alphonse. A la fin ce-

pendant, se voyant vigoureusement
pressé, il redouble d'efforts, il médite, il cherche à le surprendre ; mais
ce dernier suit tous ses mouvemens
avec habilité. Bientôt le dépit impatiente, aveugle Brulmonti et lui ôte
toute retenue ; il fond avec impétuosité sur le jeune Dalméran, porte un
coup à faux, perd l'équilibre et tombe
la poitrine en avant sur l'épée de celui-ci qui lui perce le sein, et l'étend
à ses pieds.

Le malheureux, baigné dans son
sang, ose encore proférer de vaines
menaces. Les officiers présens cherchent à le secourir : le coup qu'il vient
de recevoir est profond, et peut-être
mortel : on s'empresse de le transporter à sa demeure.

Quant à Alphonse, épuisé par la
perte de son sang, il ne put faire que

quelques pas... Il s'assit sur un tertre
de gazon , attendant que quelqu'un
vînt à passer dont il pût réclamer le
secours. Un quart d'heure s'était à
peine écoulé , qu'il vit approcher vers
lui un jeune officier, témoin du duel.
Ce dernier le salua avec aménité , lui
offrit ses services , le pressa de les
accepter, l'aida à marcher , le conduisit à une maison voisine , entièrement isolée et située à quelque distance du faubourg Saint-Gelais.

Chemin faisant , il le félicita sur
son grand courage.

—Vos nobles sentimens , lui dit-
il , m'ont trop vivement touché pour
que je ne cherche pas à vous connaître
plus particulièrement ; excusez une
curiosité que l'intérêt autant que
l'admiration excitent : les motifs qui
vous ont porté à provoquer le colonel,

sont-ils de nature à pouvoir être con-
fiés à un homme qui se sent entraîné
à vous aimer, à vous obliger même
s'il se peut?... Ne craignez-rien, monsieur, je suis Français; l'honneur
m'est cher; ma parole de militaire
vous répond de ma sincérité et de
mon zèle : en achevant ces mots, il
tend la main à Alphonse. Celui-ci la
reçoit, la presse affectueusement; ses
yeux sont mouillés des larmes de l'attendrissement le plus doux. Monsieur, lui dit-il, je n'ai point de raisons qui m'obligent à faire mystère
du sujet de ma conduite avec votre
colonel : dans le moment vous allez
être au fait. Il lui raconte alors comment il a connu Brulmonti; les tentatives de séduction de ce dernier
près de son oncle, ex-colonel, vieillard infirme, dont il a enlevé la fille

unique, jeune personne sage et de la plus rare beauté.

— Le désespoir de ce père infortuné, ajouta Alphonse, brisait mon âme : l'honneur de ma famille voulait du sang ; il a coulé..... Je ne regretterais point la vie si ma mort pouvait au moins rendre la consolation et la tranquillité à mon oncle. Je venais, poursuivit-il, de remettre à la poste des dépêches au ministère pour lui découvrir la trame d'iniquité qu'ourdissent dans la nuit du crime quelques scélérats, lorsque j'ai rencontré l'auteur de nos maux. Vous savez le reste. Ce que je redoute maintenant, c'est que le perfide Brulmonti, craignant d'être dénoncé, n'ait encore eu l'audace d'accuser mon vertueux parent.

L'officier avait écouté Alphonse

très - attentivement. Il était devenu
rêveur au projet de conspiration de
Brulmonti. Semblable à l'éclat fugitif
de la foudre qui, en déchirant le
voile des ténèbres d'une nuit orageuse, découvre au voyageur trem-
blant des précipices cachés sous ses
pas, cette confidence imprévue éclaire
ce généreux soldat sur les soucis secrets de son colonel; elle lui explique
ses fréquentes absences, et la nou-
veauté de ses égards flatteurs près de
lui et de ses frères d'armes. Indigné
de tant de bassesses, il résout de retirer du danger ses camarades, s'ils
ont été séduits.

Comme il achevait de parler, ils
se trouvèrent devant la maison solitaire. L'officier y heurta : un paysan
vint aussitôt : c'était le maître de cette
habitation rustique. Le guide d'Al-

phonse pria cet homme de sauver la
vie à notre ami en le recueillant chez
lui, promettant, pour le décider à cette
bonne-œuvre, une forte récompense.
Poussé par l'intérêt autant que par la
pitié, ce dernier consent à recevoir
le blessé; il les fait entrer et leur
donne tous les secours qui dépendent
de lui.

Dès qu'Alphonse fut couché, l'officier courut à l'instant chercher du
secours à la ville. Il revint bientôt accompagné d'un chirurgien qui examina la plaie, la jugea dangereuse,
y mit un appareil, recommanda un
repos absolu, le plus sévère régime et
promit de retourner le voir tous les
jours.

Lorsqu'il fut sorti, Alphonse s'occupa du soin de prévenir son oncle de ce qui venait d'avoir lieu.

Il pria le jeune officier d'écrire sa lettre et de tâcher de la faire parvenir à son adresse. Des voyageurs qui logeaient dans le même hôtel que ce dernier, et qui devaient passer à Luçon, petite ville avoisinant le château de Dalméran, s'offrirent eux-mêmes de remettre la lettre. Satisfait de cette rencontre, et pour ne point éprouver de retard, le nouvel ami d'Alphonse la leur confia avec recommandation la plus expresse.

Quelques jours s'écoulèrent sans qu'Alphonse vît revenir le jeune officier. D'abord il crut que l'infructuosité de ses démarches le retenait. Il n'ose retourner m'annoncer, se disait-il, que le ciel est constamment inflexible aux larmes d'un père, aux efforts de l'amitié; ou bien il craint de se compromettre en venant me

I. 4.

revoir.... Pendant qu'il se livre à ses
pénibles réflexions, M. Erich Dorsai (ainsi se nommait ce militaire)
entre, accourt le presser entre ses
bras.

— Réjouissez-vous, lui dit-il, j'ai
découvert la retraite de votre cousine ;
j'espère avoir l'honneur de la délivrer
prochainement : voici comme je suis
parvenu à la rencontrer et à lui parler :

J'ai remarqué depuis peu que le
domestique du colonel allait tous les
matins à cheval, dans la campagne,
chargé de quelques provisions de
bouche. Ce ne peut être, me suis-je
dit, pour traiter des amis, puisqu'il
est retenu à la ville par une blessure
qui est, assure-t-on, des plus dangereuses. J'ai pensé que ce pouvait être
pour mademoiselle votre cousine : je
suis sorti hier au matin hors de la

ville, et j'ai dirigé sans affectation ma
promenade du même côté que prenait le domestique : rendu près d'une
ferme isolée, je l'ai vu descendre de
cheval, et entrer dans cette maison.
Je me suis caché derrière des arbres,
d'où j'ai attendu son départ; il n'a
pas tardé. Quelques minutes après,
il est passé près de moi, en sifflant
avec l'insouciance d'un homme ignorant le crime qu'il sert. Dès que j'ai
pu sortir sans être découvert, je me
suis hâté de gagner la ferme : j'y ai
trouvé une paysanne et quatre individus dont les vêtemens rustiques
ne déguisent ni les traits, ni les manières. J'ai cru prudent de dissimu-
ler : j'ai demandé à me rafraîchir : on
m'a donné du lait : les quatre hommes
sont restés-là tout le temps que j'y ai
demeuré. Cela n'a fait que confirmer

*

mes soupçons : après avoir bien examiné les lieux, sans faire semblant de rien, je suis parti, sans adresser la plus légère question. Le soir, à la nuit tombante, je suis retourné à la ferme, et m'en suis approché avec précaution, en prenant les derrières. J'ai heurté doucement aux carreaux d'une fenêtre grillée, que j'avais d'abord remarquée, et où je présumais qu'était détenue votre parente. Je l'ai appelée par son nom ; elle m'a répondu et assuré, comme je m'en étais douté, qu'elle était gardée par quatre domestiques travestis. Elle m'a supplié de la délivrer : je le lui ai promis, je tiendrai ma parole.

Alphonse, rassuré par ce qu'il vient d'apprendre, et pénétré de reconnaissance envers ce généreux officier, lui jure une amitié inviolable.

Il lui demande quels sont maintenant ses projets?

— Enlever au plutôt à main armée, votre cousine, et la conduire près de son père : c'est le seul parti sage qu'il reste à prendre ; car, réclamer en cette circonstance l'autorité des magistrats, serait d'abord faire un éclat qui nuirait à la réputation de mademoiselle votre parente, m'attirerait de mauvais traitemens de la part du colonel, et me ferait mal regarder de ses amis ; je préfère agir par moi-même. J'ai des amis, des frères d'armes, à qui la délicatesse et la justice sont sacrées: je réclame leurs secours ; ils me l'accordent; nous délivrons ce soir même mademoiselle Dalméran et la ramenons toujours digne de la tendresse d'un père respectable, nous félicitant du bonheur de nous être acquis des amis de plus.

Alphonse pleurait d'admiration : Voilà bien le caractère des militaires français, tel qu'il se l'était formé, généreux et noble ! Ce sont bien-là les qualités qui les distinguent de tous les soldats étrangers ! eux seuls savent secourir l'infortune, défendre l'opprimé, être humains et délicats, lorsque les autres nations n'ont que des esclaves, des mercenaires, qui n'agissent presque tous que par la crainte ou l'intérêt. Il embrasse, M. Erich Dorsai, et regrette de ne pouvoir être en état de le suivre.

Celui-ci le quitte pour aller inviter ses amis, et faire les apprêts convenables à son expédition.

Pendant que ce brave militaire se rend avec deux de ses camarades à

la ferme où est retenue Flore, retournons au château de Dalméran:
voyons ce qui s'y est passé, et ce
que l'on y pense du retard d'Alphonse.

CHAPITRE VIII.

—

Douce amitié, lien des cœurs honnêtes, sublime et rare sentiment qui élève l'âme de quelques sages, et les console de la perte des autres biens, qu'il est déchirant le coup qui sépare deux cœurs que tu avais réunis! M. Dalméran, étonné du long retard de son neveu, ne pouvant deviner ce qui l'occasionait, s'abandonnait aux plus vives inquiétudes. Il aimait Alphonse, comme un tendre fils; il avait espéré l'établir avantageusement, récompenser ses vertus, et terminer

doucement sa carrière près de lui,
lorsque le sort accumulait soudainement sur sa tête tous les genres
d'infortune qui brisent les cœurs les
moins sensibles. La disparition de sa
fille empoisonnait chacun des instans
de son existence. Depuis cet affreux
accident, il vivait sédentaire, ne voulant plus voir personne : renfermé
dans son appartement, il se livrait
sans contrainte à toute la vivacité de
sa douleur. Sophie seule osait l'approcher et lui parler de consolations. Tout ce que la bonté a de douceur, tout ce que l'intérêt a de touchant lui était prodigué par cette
jeune personne. Ingénieuse à calmer
des craintes qui torturaient son propre cœur, elle s'oubliait elle-même,
pour ne s'occuper que de son bienfaiteur.

I. 5

Cependant deux jours s'étaient déjà
écoulés, et Alphonse n'arrivait point.
Les voyageurs à qui il avait remis sa
lettre avaient, ainsi qu'il est ordinaire
à des officieux inconnus et désintéres-
sés, oublié leur commission ; l'écrit
de notre malade n'avait point été remis à son adresse. Le vieux colonel
devenait de jour en jour plus triste,
plus inquiet. Sophie alarmée avait
enfin succombé aux chagrins secrets
qu'elle ressentait ; elle était tombée
malade. Une sombre mélancolie était
répandue sur son visage. L'infortunée
avait osé compter sur un avenir plus
prospère. Naguère ses jours coulaient
heureux ; le plaisir de l'innocence
enivrait son cœur ; les larmes de la
félicité, de l'espérance mouillaient
seules ses yeux ; et, maintenant, les
noirs soucis ne cessent de la déchirer.

Hélas ! satisfaite de l'amour d'Alphonse, elle avait ignoré jusqu'à ce moment que le bonheur passe comme un beau jour d'été, et que, comme lui, il est souvent suivi de l'orage...

Tel était l'état pénible de ces deux malheureux : le jour qu'ils avaient ardemment désiré traînait en vain ses longues heures, et la nuit ramenait trop lentement un lendemain plein d'espoir ; Alphonse ni Flore ne revenaient point. Frappait-on, le moindre bruit se faisait-il entendre du dehors, Sophie accourait avec empressement : le colonel, les yeux fixés sur la porte, désirait, appelait sa fille et son jeune ami ; son oreille attentive prêtait aux sons étrangers les charmes de leurs voix ; et son cœur battait violemment. Suspendu entre la crainte et l'espérance, l'infortuné

*

vieillard attendait dans un silence oppressif; mais, hélas ! l'air toujours affligé de Sophie qui rentrait lentement le replongeait dans ses horribles inquiétudes, et l'amertume de ses chagrins en devenait plus vive.

Enfin, ne pouvant plus supporter l'état de crainte et d'alarmes continuelles où il est plongé, M. Dalméran envoie, le lendemain du second jour, son domestique à la ville où Alphonse était allé porter les dépêches, pour tâcher d'avoir des renseignemens sur ce neveu qu'il affectionnait si tendrement.

Charles arrive à Niort, et s'informe d'Alphonse. On était encore tout occupé de son duel avec Brulmonti ; partout on en parlait : c'était le sujet de toutes les conversations. Les uns louaient son courage et admiraient

ses belles qualités; d'autres l'accu-
saient d'étourderie, d'imprudence.

— Il n'a eu que ce qu'il méritait,
ajoutait celui-ci.

— Je ne plains point les victimes
des duels, reprenait celui-là.

Le domestique, alarmé par tout ce
qu'il entend, désire et n'ose demander les suites du combat de son jeune
maître ; il les devine déjà..... Alphonse a succombé..... Touché des
malheurs de cette famille respectable, attendri par la perte de ce jeune
homme si aimable, il ne peut retenir ses larmes. Quand il a soulagé
son cœur oppressé, il prie qu'on lui
apprenne toutes les circonstances de
cette malheureuse affaire. Plusieurs
personnes, qui disent avoir été pré-
sentes au combat, s'empressent de
lui raconter quel en a été le succès :

— Le jeune homme a été percé d'un coup à l'estomac, dit un grand monsieur.

— J'ai assisté, le lendemain, à son service, ajouta son voisin.....

— Ainsi donc, s'écrie Charles, il n'est que trop vrai, mon jeune maître n'existe plus ! ...

— Vous pouvez nous en croire, reprirent les deux individus ; et le reste de ce groupe d'oisifs nouvellistes confirma leur assertion comme très-certaine.

Le pauvre domestique, baigné de pleurs, retourne le lendemain porter cette triste et fausse nouvelle à M. Dalméran.

A son arrivée, le vieux colonel et sa nièce accourent promptement. Ne voyant point Alphonse, ils demandent à Charles, avec l'empresse-

ment de l'inquiétude, s'il leur en
apporte au moins des nouvelles. Le
domestique ne peut d'abord répondre : tant les larmes et les sanglots
l'oppressent! Enfin il fait entendre
ces mots déchirans : Il est mort!....
Brulmonti l'a tué en duel...!!

A cette terrible nouvelle, Sophie
tombe évanouie ; on s'empresse de la
secourir. M. Dalméran, épuisé par
tant de secousses cruelles, paraît lui-
même anéanti ; il pleure long-temps
ce neveu chéri et son généreux et
vain dévouement. Sachant que Brulmonti est à Niort, il écrit de suite aux
magistrats de cette ville pour leur
dénoncer le ravisseur de sa fille, et
les prier de faire chercher cette dernière.

Déjà douze jours se sont passés
dans l'affliction la plus accablante,

dans les regrets les plus vifs; déjà
M. Dalméran se préparait à se rendre
à Niort pour faire élever sur la fosse
d'Alphonse un monument à sa mémoire, et s'informer des perquisi-
tions de sa fille, lorsqu'il reçut, le
matin même du jour qu'il devait partir, une lettre de Paris. Aussitôt
Sophie accourt pâle et tremblante
comme la feuille battue des vents;
elle vient apprendre des nouvelles
de Flore; elle attend avec anxiété
que son oncle ait rompu le cachet.
Enfin, il satisfait son impatience,
déploie ce papier et commence à le
parcourir silencieusement. Dès les
premières lignes son visage se décom-
pose, ses yeux s'enflamment, une fureur soudaine agite ses membres affaiblis; bientôt la lettre lui échappe des
mains, et le nom de Brulmonti sort

de sa bouche avec de terribles imprécations.....

Sophie interdite avait suivi tous ses mouvemens. La crainte était entrée dans son âme à la vue de l'agitation subite de son oncle. Inquiète sur le sort de sa cousine, elle ramasse la lettre et lit ces mots :

« MONSIEUR,

« Votre souverain, ayant égard à
» vos longues années de service, se
» contente de punir votre criminelle
» trahison par l'exil : sa générosité
» envers un sujet audacieusement
» coupable doit exciter en vous les
» remords ; c'est la seule vengeance
» qu'il ait voulu tirer d'un militaire
» qu'il estimait et qu'il s'était plu à
» élever.

» Il vous est ordonné de sortir sur-
». le-champ même du territoire fran-

» çais. L'infraction au présent com-
» mandement exposant à des peines
» plus sévères, vous ne négligerez
» pas d'obéir très-promptement... »

(Suivait la signature du Ministre.)

Hélas ! qui pourrait décrire l'accâ-
blement de Sophie ! qui pourrait
rendre les agitations tumultueuses de
son cœur, à la lecture de cet écrit
fatal ! Elle a peine à croire le témoignage de ses yeux ; elle relit encore
cet ordre injuste et cruel. Convaincue
enfin de l'affreuse réalité, elle gémit
et répand un torrent de larmes.
« Que va devenir, se disait-elle, mon
bienfaiteur ? Quelles contrées pour-
ront le consoler des sites charmans de
sa patrie ? Hélas ! il n'est plus de bonheur pour un exilé. Sous les plus
brillans climats, il rêve à son pays ;
il en regrette la présence chérie.

Ainsi, ce citoyen utile, victime de la
perfidie d'un étranger, d'un odieux
scélérat, ira terminer dans les larmes
des jours de gloire et de vertus; il ira
mourir loin du lieu qui le vit naître,
loin du pays qu'il défendit, qu'il idolâtre avec tant d'ardeur. Un monstre
lui enlevera sa fille, le diffamera impunément, le perdra, assassinera son
neveu... Dieu puissant! as-tu pu
souffrir tant d'atrocités? sera-t-il dit
que l'homme de bien ait mis en vain
son espoir en ta justice?..

Ainsi s'exhalèrent les plaintes tou-
chantes de Sophie. Quant au vieux
colonel, l'œil étincelant de colère,
il jurait de se venger du traître. La
fureur agitait ses lèvres pâles et fré-
missantes; chacune de ses paroles
était des menaces; son âme, exaspé-
rée par le malheur, n'exprimait plus

que des murmures et des reproches contre les hommes et le ciel.

Lorsque ces premiers transports furent passés, il réfléchit quelques instans s'il ne ferait pas mieux de se justifier près de Son Excellence et d'en attendre un nouvel ordre; mais pensant avec raison qu'il est toujours imprudent de se roidir contre l'autorité, il fait sur-le-champ préparer des malles. Désespéré toutefois de partir sans sa fille, il résout de se rendre le lendemain à Niort, afin d'y apprendre le succès des recherches concernant cette dernière, et de recommander aux magistrats de la faire conduire dans le lieu où il se retirait.

Laissons-le un instant occupé de sa douleur et de ses préparatifs de départ, et retournons à son neveu.

Souvent le ciel prépare des conso-

lations imprévues aux malheureux;
souvent la main bienfaisante de la
nature conduit des âmes nobles et généreuses à réparer le mal des méchans,
à réconcilier les opprimés avec leurs
semblables, à venger enfin l'humanité
en prouvant qu'il est encore des mor-
tels dont les sentimens sont dignes
d'éloge. M. Erich Dorsai, inspiré
par la grandeur de son cœur, n'avait
point fait de stériles promesses à Alphonse; il était effectivement sorti
pour délivrer Flore. Pendant que
notre malade était encore occupé à
faire des vœux ardens pour le succès
de ses démarches, et qu'il l'attendait,
ce dernier arriva enfin sur les dix
heures du soir. Le contentement de
la vertu brillait sur son mâle visage.

— Mademoiselle votre cousine est
sauvée, s'écria-t-il, en entrant! de-

main monsieur votre oncle jouira de ses douces caresses. Alphonse transporté de joie ne sut comment exprimer sa reconnaissance; il demanda à connaître les détails de cette action généreuse. L'officier, avec cette modestie qui caractérise le véritable héroïsme, le satisfit en ces termes :

Ce matin, après vous avoir quitté, j'ai été trouver deux de mes camarades dont la bravoure et l'amitié me sont connues : je leur ai conté votre histoire et celle de votre parente. La méprisable conduite de Brulmonti les a remplis d'indignation. Frémissant de colère contre cet odieux étranger qui souille si honteusement l'uniforme français, ils m'ont proposé les premiers d'aller réparer ses bassesses. A peine m'ont ils laissé achever; ils voulaient voler sur-le-champ à la ferme.

La prudence s'y opposait ; je leur ai demandé de n'y aller que de nuit. En attendant, nous nous sommes munis d'armes : nous avons revêtu un costume bourgeois et fait le reste de nos apprêts : sur les huit heures, nous sommes partis emmenant avec nous quatre commissionnaires affidés. Nous avons fait arrêter nos gens à quelque distance de la ferme ; et nous nous y sommes présentés seuls mes amis et moi.

Les quatre hommes qui gardaient mademoiselle votre cousine, ne s'attendant à rien, étaient rangés paisiblement autour d'une table rustique, et mangeaient avec le fermier et son épouse. Nous nous sommes avancés vers eux, un pistolet de chaque main.

— Le premier d'entre vous, leur ai-je dit, qui fait le moindre mouve-

ment, je lui brûle la cervelle... Tous
ces coquins ont pâli de terreur et
sont demeurés aussitôt immobiles.
M'adressant à la fermière :

— Pour vous, lui ai-je commandé,
allez à l'instant même chercher la de-
moiselle que vous retenez ici prison-
nière. Tremblante, elle a reporté les
yeux sur ses complices, comme pour
lire dans leurs regards ce qu'elle devait faire : mais n'y voyant que le
trouble et la crainte de la lâcheté,
elle s'est levée et m'a obéi. Nous
tenions pendant ce temps nos agens
du crime en respect ; leurs yeux
effrayés n'osaient nous fixer, ils ne
voyaient que nos armes... Le plus
profond silence régnait parmi eux.
A leur saisissement, à leur étrange
maintien, on les eût pris pour
des malheureux que la foudre avait

frappés au milieu de leurs réjouis-
sances... Bientôt votre cousine est
arrivée sur les pas de la paysanne ; un
de mes amis est sorti avec elle et l'a
conduite à nos gens ; je suis resté avec
l'autre à la ferme pour leur donner le
temps de s'échapper ; et, lorsque j'ai
cru qu'ils étaient assez loin, nous nous
sommes retirés, laissant ces bandits
et le métayer encore glacés d'épouvante.

» En rejoignant notre ami, nous
avons trouvé mademoiselle votre parente assise sur un cheval que nous
avions amené. J'avais bien expliqué
à mes commissionnaires l'itinéraire
qu'ils devaient tenir jusqu'au château
de Dalméran ; je le leur ai de nouveau
rappelé. Ce sont des hommes intelli-
gens et zélés ; je suis sûr qu'ils ne s'é-
gareront pas, et que demain monsieur

votre oncle, oubliant les chagrins
qu'un scélérat lui a causés, ne formera
plus d'autre vœu que celui de revoir
un neveu si digne de sa tendresse.

Alphonse tranquillisé embrassa
M. Dorsai; l'attendrissement, la reconnaissance étaient dans ses regards;
sa bouche en proférait les douces expressions. L'officier heureux d'avoir
consolé une famille honnête éprouvait cette délicieuse volupté qui suit
une bonne action et qui en est la première récompense. Il se retira après
avoir promis à notre malade de le
venir visiter souvent.

Avant que de poursuivre le récit
des aventures d'Alphonse, et pour ne
point en interrompre la marche, il
nous reste à parler de l'arrivée de
Flore au château de Dalméran, et
des dispositions où elle y trouva son
père et Sophie.

Le délai que le ministère avait ac-
·cordé au vieux colonel pour quitter
la France n'étant que de vingt-qua-
tre heures, cet infortuné vieillard se
hâta d'arracher sa tête aux poursuites
que pouvait susciter contre lui le
crime audacieux. Le lendemain de la
réception de la lettre du ministre,
comme il se préparait à monter en
voiture pour abandonner sa patrie,
un bruit de plusieurs chevaux qui
entraient dans la cour se fit entendre :
le colonel se détourna et reconnut sa
fille au milieu de quatre cavaliers.
Jeter un cri, voler au-devant d'elle,
en étendant les bras pour l'y recevoir,
la presser sur son sein, répondre avec
transports à ses tendres caresses, furent les premiers mouvemens de cet
ancien guerrier ; l'ivresse du bonheur
inondait son âme. Tout à coup il ré-

*

pousse avec vivacité cette enfant che-
rie, et détourne le visage ; ses yeux
deviennent sombres ; des soupirs oppressent sa poitrine.

— Éloigne-toi, lui dit-il, le vice
t'a sans doute souillée..... Flore se
précipite à ses genoux en s'écriant :

— O mon respectable père ! je ne
suis point coupable ; votre fille est
toujours digne de vous... hélas ! ne
me repoussez pas !

A ces mots ce vieillard, comme dé-
livré d'un pesant fardeau, se tourne
vers elle, et la presse de nouveau sur
son cœur.

— Oui, je le sens, lui dit-il, le
crime n'a pu t'atteindre : fille d'un
militaire à qui l'honneur fut le premier des biens, l'honneur t'a soute-
nue, il t'a donné la force et le courage de la vertu. Oh ! que je te

remercie d'avoir respecté mes cheveux blancs ! Quels nouveaux droits
tu acquiers à mon amour ! Maintenant les rigueurs de l'exil ne flétri-
ront plus mon cœur que par les
regrets de la patrie... Viens, ô mon
enfant ! le ciel veut nous éprouver ;
mais aie les sentimens d'Antigone, et
demande pour moi le courage et la
résignation d'OEdipe.

— Dieu ! qu'entends-je, s'écrie
Flore ; ô mon père ! que parlez-vous
d'exil ?... quel malheur vous est-il
arrivé ?...

M. Dalméran raconte brièvement
à cette dernière comment il a été accusé près du ministère, et l'ordre
qu'il en a reçu ; il lui apprend la mort
d'Alphonse et lui nomme l'auteur
de tous ses maux. Ces différens coups
accablent cette jeune personne ; elle

pleure les chagrins de son père, et se
reproche ses injustes procédés envers
son cousin. Les regrets les plus sincères déchirent son âme et lui font
abjurer pour toujours son caractère
léger ; elle répond avec larmes aux
caresses de Sophie qui est accourue
la consoler.

Après ces réciproques témoignages
d'attachement, M. Dalméran s'informe près de sa fille comment elle a
été délivrée ; elle répond qu'elle l'i-
gnore. Les quatre hommes qui l'ont
ramenée et qui paraissent des domestiques n'en savent également rien;
elle leur a été confiée par leurs maîtres. Le colonel demande à ces derniers les noms de ces libérateurs généreux. Ces gens craignant, d'après
ce qu'ils ont entendu, de les compromettre, refusent de les faire connaî-

tre, ils objectent qu'ils en ont reçu la défense, et se contentent de l'assurer que ce sont des militaires français.

— Des militaires français ! répète M. Dalméran attendri !... Oh ! oui, cela se peut, ils donnent aujourd'hui l'exemple de toutes vertus. Mes amis, allez leur rapporter l'expression de ma vive reconnaissance : dites-leur que je conserverai toute ma vie le souvenir de leur service. Et vous, ne m'affligez point par le refus de ce léger don. En achevant ces mots, il leur remet une bourse pleine d'or.

— Nous ne vendons pas plus nos bons offices que nos maîtres, répond celui à qui elle a été présentée : reprenez votre or. Le plaisir d'avoir participé à une bonne œuvre nous récompense assez. Il dit, fait un signe à ses camarades, prend la bride du cheval qu'avait monté Flore, et se retire suivi des autres, laissant le colonel dans l'admiration de leurs procédés délicats.

Quel pays! se disait intérieurement cet infortuné vieillard, quel pays où chaque citoyen rivalise de qualités! Il essuye ses yeux pleins de larmes, puis se tournant vers les deux jeunes personnes, il les invite à monter en voiture. Flore jette des regards attendris sur le château; elle n'a pas la force d'avancer; son père la prend par le bras, la conduit à la chaise: Allons, ma fille, lui dit-il; montrons-nous supérieurs au coup qui nous frappe. Quand la conscience est pure, le châtiment n'a rien de honteux, il ne doit point abattre. Laissons la faiblesse aux criminels... il commande aussitôt à son domestique de placer sa fille dans la voiture ; Sophie se range à ses côtés ; le colonel monte immédiatement, fait signe au postillon, qui, animant ses chevaux, part avec la rapidité de l'éclair.

M. Dalméran avait choisi Vienne pour son lieu d'exil ; il y arriva malade. Il avait réalisé une partie de sa fortune et confié le capital à un banquier de ses amis ; les premiers mois furent consacrés à faire distribuer et meubler les appartemens d'une maison qu'il loua, de la même manière que ceux de son château. Il voulut même, croyant adoucir la violence de ses regrets, ajouter à cette illusion en faisant dessiner le jardin sur le même plan que celui qui embellissait son habitation en France ; mais le cœur ne peut être trompé comme les

I. 6

yeux. L'infortuné colonel, ramené sans cesse au souvenir de sa patrie, ne traîna plus que des jours chargés de tristesse. Bientôt les ressorts de son âme s'affaissèrent; son existence ne fut plus qu'une longue souffrance. Quant aux jeunes personnes, leur caractère froissé dans leurs penchans contracta dans la terre de l'exil une teinte lugubre; elles ne connurent plus cette joie naïve qui est le charme du bel âge, ni ce calme délicieux qui annonce le bonheur. L'extrême sensibilité de Sophie se changea en une profonde mélancolie. La fin malheureuse de l'ami de son enfance était continuellement présente à sa mémoire. Elle regrettait d'être éloignée du lieu où reposaient ses restes chéris : souvent les yeux tournés vers la France, elle franchissait en imagination les frontières germaniques, et

aimait à se retracer les sites charmans
du lieu de sa naissance, à se rappeler
les jours de bonheur passés avec Alphonse ; elle gémissait de ne pouvoir
visiter sa tombe solitaire ; elle se la
figurait négligée et couverte par des
herbes épaisses, dures et épineuses.
A ces tristes pensées ses larmes coulaient abondamment ; elle levait les
yeux au ciel, et priait avec ferveur
pour l'être vertueux qu'elle croyait
avoir perdu.

Telle fut la déplorable existence de
M. Dalméran et de ces jeunes personnes dans les premiers temps de
leur proscription. Tandis que le malheur les éprouve si cruellement, re-
venons à Alphonse : son sort est plus
rigoureux que jamais, il nous reste à
décrire comment il se conduisit au
sein de l'adversité, et s'il connut enfin le bonheur.

CHAPITRE IX.

—

FIDÈLE à sa parole, et s'attachant de plus en plus à Alphonse dont l'âme naïve et ardente, les talens et les qualités aimables le charmaient, M. Erich Dorsai ne passait pas un jour sans aller le voir. Ses soins près de lui étaient ceux d'un frère, d'un ami. Déjà il lui donnait ce nom sacré; déjà le cœur du jeune Dalméran avait volé mille fois sur ses lèvres pour le lui rendre. Ils espéraient tous deux resserrer encore plus intimement le lien vertueux qui les unissait, lorsque le régiment de M. Dorsai changea de garnison.

Le chagrin que ressentit Alphonse de ce départ subit ne peut se concevoir que par ceux qui connaissent les charmes purs et enivrans de l'amitié. Accoutumé à voir, à chérir cet officier, enchaîné à lui par cette confiance et cette sympathie qui rapprochent les cœurs honnêtes, il ne pouvait se consoler de ne plus l'entendre.

Cependant sa blessure commençait à se cicatriser ; déjà même il était sorti se promener ; hors de danger, il songe enfin à retourner auprès de son oncle, à qui il avait souvent écrit, et dont le silence l'inquiétait vivement. Ignorant le coup qui a frappé ce respectable vieillard, Alphonse plein d'espérance et de satis-

faction se rend au château de Dalméran.

Il était nuit lorsqu'il y arriva. Depuis quelques instans la lune s'était
lévée et répandait d'un regard mourant sa mélancolique clarté sur les
campagnes solitaires. L'air était calme;
un vaste silence régnait dans la nature
entière. Alphonse pensait en ce moment à Sophie, au bonheur qu'il allait goûter près d'elle et de son oncle :
déjà il était au bout de la longue avenue de marroniers. Arrivé à la porte
du château, il sonna et attendit long-
temps sans que personne vînt lui ouvrir; étonné, il escalada la grille,
traversa la grande cour, s'approcha
et vit les portes et les fenêtres du château fermées. Il appela les domestiques à plusieurs reprises ; mais sa
voix retentit vainement le long de

ces murs et de ces corridors déserts.

De plus en plus alarmé, il chercha à s'assurer d'un malheur qu'il commençait à soupçonner : il frappa à la loge du concierge. Même silence... Il visita celle de *Fidèle*, de ce beau chien dañois qui l'aimait tant, et qui avait coutume de venir à sa rencontre, en jetant des cris de joie; et il la trouva également abandonnée... Son cœur à cette vue se resserra péniblement; il resta long-temps immobile et comme anéanti, puis reporta avec accablement ses yeux sur le château qu'éclairait entièrement l'astre nocturne. En ce moment l'horloge du village prochain sonna dix heures : il écouta en silence; mais celle du château ne se fit point entendre. C'en est fait, se dit Alphonse douloureusement, cette maison n'est plus habi-

tée. Quelque malheur aura frappé
sans doute mon oncle et mes cousines.
Brulmonti... ses agens... auront peut-
être attenté à leurs jours... Qui pourra
m'instruire de ce qui leur est arrivé?..
Le pasteur du lieu : c'était un ami du
vieux colonel. Mais il est tard; que fe-
rai-je? Demeurerai-je ici la nuit, ou
irai-je demander l'hospitalité au presbytère?. Après avoir rêvé quelques
instans et réfléchi au parti qui lui
restait à prendre, il repassa tristement
sur la grille, et se retira lentement,
en regardant souvent le château. Oh!
combien son âme était déchirée d'inquiétude! Où est mon oncle? se disait-il; et qu'est devenue Sophie?
en quel lieu se sont-ils retirés? Sans
doute l'infâme Brulmonti aura accusé
le vertueux colonel... sans doute ce
malheureux vieillard, proscrit, er-

rant, cherche dans l'Europe entière
un coin de terre où il puisse terminer
ses jours paisiblement. Dieu juste !
et tu as pu permettre une telle horreur !

En achevant ces mots, il arrive aux
premières maisons du village; il heurte
chez le curé, homme simple et d'un
âge avancé, ministre sage et profon-
dément instruit, dont la modestie et
les vertus surpassaient encore les lumières. Ce respectable prêtre reconnaît à l'instant le neveu de M. Dalméran ; il s'avance vers lui, le presse
entre ses bras, en l'appelant par les
noms les plus doux. Alphonse attendri lui demande des nouvelles de
son oncle. Le pasteur lui apprend, en
répandant des larmes sincères, comment le colonel a été enlevé à sa tendresse, à l'amour de ses paroissiens,

dont il était le bienfaiteur et le père, pendant qu'il était allé faire un voyage; il l'assure qu'il ignore le lieu d'exil de ce vertueux ami; il lui fait part de la croyance où son oncle et ses cousines sont, et où il était lui-même de sa mort.

Alphonse, après l'avoir écouté, demeure accablé de douleur et de surprise; il promène sur le vénérable vieillard des regards troublés, interdits, et s'abandonne au désespoir.

Vivement ému, et toujours brûlant des feux sacrés de la charité, le ministre des autels tire de son âme sensible et généreuse, des consolations ingénieusement salutaires.

— Mon fils, lui dit-il, le malheur est une épreuve de la providence; s'en laisser accabler n'est pas d'un homme courageux. Le sage sait au

contraire opposer une conduite ferme,
une constance inébranlable aux chagrins passagers ; il sait faire ressortir ,
sinon le bonheur , du moins la consolation et l'espérance du fond de ses
maux. Mon enfant, le désespoir est
doublement coupable à votre âge ; et
ce n'est jamais que la ressource des
âmes méprisables. Osez plutôt vous
roidir contre l'adversité ; vos malheurs
finiront un jour : méritez maintenant
un sort plus prospère ; restez avec moi.
Je suis pauvre, il est vrai , mais le
ciel aide l'homme compatissant ; il
saura pourvoir à nos besoins mutuels ;
il nous procurera des moyens de vous
tirer d'embarras.

Alphonse, pénétré d'admiration et
de respect, embrasse ce vertueux vieillard : ses larmes coulaient abondamment sur son visage ; il le remerciait
avec reconnaissance.

— J'accepte votre offre généreuse,
ô le digne ami de mon malheureux
oncle ! je l'accepte seulement pour
quelques jours. Ne craignez rien, je
suivrai vos sages conseils, je tirerai
mon âme de l'accablement ; je ne
rendrai point ma vie inutile par un
coupable désespoir ; je m'efforcerai de
marcher à la vertu sur vos traces.

Le pasteur, après avoir félicité
Alphonse sur ses louables résolutions, lui présenta quelque nourriture, lui fit préparer une chambre,
et ne le quitta que pour aller se livrer
au repos.

Alphonse dormit peu : l'exil de
son oncle, les bontés du curé occupèrent toutes ses réflexions. Il pensa
pareillement au parti qu'il devait
prendre, et résolut de porter les
armes. Il se leva plus calme, et écri-

vit à M. Erich Dorsai pour lui faire part des malheurs de sa famille et le consulter sur le projet qu'il avait formé de s'engager sous ses drapeaux.

Il demeura une quinzaine de jours chez le curé. Chaque soir, conduit par sa douleur, il allait se promener près du château. A la vue de ce vaste bâtiment désert, où il passa des jours pleins de félicité et d'espoir, ses larmes coulaient abondamment. Souvent il s'asséyait en face sur un tertre de gazon ; là, se rappelant sa chère Sophie et ces jours de tranquillité passés, il restait long-temps plongé dans de sombres réflexions. Quelquefois il aimait à repeupler, à ranimer ces lieux désormais constamment silencieux de ses anciens maîtres ; mais, lorsque l'étoile de Vénus commençait à scintiller sur un fond d'azur, et

qu'il ne voyait point briller comme
autrefois les lumières dans les appartemens, il tombait dans de mélancoliques rêveries, se levait avec tristesse et regagnait lentement le presbytère.

Cependant M. Erich Dorsai lui répondit quelques jours après; il lui
apprenait d'abord qu'il avait obtenu
son incorporation dans un autre régiment; il le louait ensuite sur ses nobles sentimens. « Combien de moyens
ne vous reste-t-il pas, lui disait-il,
pour vous consoler. Ces sciences sublimes qui occupèrent si délicieusement les premières années de votre
jeunesse n'ont pu perdre à vos yeux
leurs charmes, leurs douceurs. Alphonse, chaque citoyen doit à sa patrie le tribut de ses lumières, de ses
travaux : si votre esprit est mainte-

nant trop affaissé par les chagrins
pour l'éclairer par de sages et savans
écrits, votre bras ne doit pas demeurer oisif. Oui, mon ami, j'approuve
fortement vos projets ; ce n'est qu'à
servir la société que l'homme doit
consacrer sa vie et ses moyens ; ce
n'est qu'après avoir repoussé les hordes barbares des ennemis, qu'il est
permis de s'attrister sur des peines
particulières, si toutefois les lauriers
et les palmes de la victoire laissent à
la douleur un accès dans l'âme d'un
brave. Venez donc, mon jeune ami,
venez me trouver ; nous marcherons
ensemble dans les rangs de Bellone.
Qu'importe la cause de la guerre !
étrangers à tous les partis, ne voyons
que la patrie, n'entendons que sa
voix. Un soldat, quels que soient
les motifs des souverains, n'est ja-

mais coupable en obéissant à ses chefs.
Venez vous réunir aux guerriers dont
la France s'honore, et mériter comme
eux de compter pour la postérité. »

Cette lettre acheva de déterminer
Alphonse ; elle dissipa en partie sa
tristesse. La joie sur le front, il courut près du pasteur.

— Mon respectable bienfaiteur,
c'en est fait, le sort de votre jeune ami
est décidé ; je vais servir mon pays.
Lisez cette lettre et félicitez-moi d'a-
voir trouvé un tel ami... Le vieillard
prit la lettre, la lut avec attendrissement... Divine Providence ! s'écria-
t-il, qu'admirables sont tes voies !
O mon cher Alphonse ! votre résolution fait honneur à votre cœur, elle
en marque la noblesse... Allez, mon
fils ; suivez, imitez ce jeune mentor,
Sous les drapeaux français l'héroïsme

est le partage de tous les soldats :
allez participer à leur gloire, à leur
immortalité.

Alphonse resta encore quelques
jours au presbytère. Enfin impatient
d'aller rejoindre son ami, il fit ses
adieux au vertueux curé et partit pour
Rennes, où était le régiment de
M. Erich Dorsai.

Ce dernier en le revoyant lui fit le
plus tendre accueil, il le complimenta
sur son noble dessein et lui prédit un
avancement rapide. Il le conduisit lui-
même chez son nouveau colonel,
homme sage, brave et instruit, et fit
avec chaleur devant ce chef distingué
l'éloge le plus flatteur des sentimens
et des talens d'Alphonse.

Les âmes nobles savent reconnaître
et apprécier au premier abord le vrai
mérite. Le colonel fut frappé de l'air

I.   6.

de modestie et d'honnêteté du jeune candidat; il le reçut avec bonté, l'incorpora avec joie dans son régiment et accepta avec attendrissement entre ses mains l'auguste serment de fidélité qu'il lui fit. Il lui donna provisoirement le grade de fourrier, le fit travailler dans ses bureaux, et promit de ne pas l'oublier.

M. Dorsai emmena Alphonse loger avec lui; il s'empressa de le mettre au courant des usages militaires et des fonctions qu'il avait à remplir. Bientôt ils furent unis de la plus étroite amitié; et jamais les feux sacrés de cette consolante divinité n'embrâsèrent deux cœurs plus parfaits.

CHAPITRE X.

—

Rien ne détruit, rien n'anéantit dans les cœurs bien nés les tendres sentimens de la nature. L'homme a beau changer d'état, de fortune; il y est sans cesse ramené par cet attrait doux et puissant, qui nous montre le bonheur dans ces liens que l'innocence forma et que la vertu se plut à resserrer. Les peines de l'amour, ses craintes, ses regrets accablans suivirent Alphonse dans sa nouvelle profession. Il se retraçait souvent Sophie, et gémissait secrètement d'en être éloi-

*

gné. Souvent absorbé dans une profonde mélancolie, il se la représentait
errant avec son oncle dans une terre
étrangère, souffrant de tous les besoins de la vie; et des larmes de pitié,
de tendresse, mouillaient son visage.
Oh! combien il eût desiré connaître
le lieu de leur exil! combien il se serait trouvé heureux de partager, de
soulager leurs maux! mais ses recherches pour découvrir leur retraite
avaient été jusqu'alors vaines; il ne
lui restait plus que ce vague espoir de
les revoir un jour, que fait naître l'ar-
dent désir, et que l'imagination se
plait, en dépit des coups du sort, à
réaliser : tant il est doux à l'homme
d'accueillir tout ce qui flatte ses vœux!

C'est ainsi que notre jeune soldat
était affecté ; toutefois il ne se laissait
point abattre comme un faible esclave

par le malheur. Il savait, en homme
sensé et courageux, modérer ses chagrins, imposer silence à sa passion
pour se livrer entièrement à ses devoirs. Déjà il était fait au genre de vie
qu'on mène sous les armes; déjà il
était chéri de ses camarades, estimé
de ses chefs : son exactitude, sa douceur, sa modestie, lui conciliaient
tous les cœurs : on n'était point jaloux de le voir protégé du colonel. Les
officiers oubliant qu'il était leur
inférieur, s'entretenaient familière-
ment avec lui, et l'aimaient comme
leur égal : une morgue déplacée ne
les aveuglait point. Ils reconnaissaient
dans Alphonse des talens éminens;
eux-mêmes en possédaient de brillans. Ils portaient en outre au plus
haut degré ce ton aisé, ces manières
gracieuses qui distinguent nos guer-

riers Français des soldats des autres
nations. Quelques-uns laissaient peut-
être à desirer en eux un peu plus de
littérature et d'érudition; mais tous
avaient une parfaite connaissance des
mathématiques, de l'art militaire, et
faisaient preuve chaque jour de sentimens nobles, généreux, et de la valeur la plus héroïque.

Alphonse s'applaudissait d'avoir de
tels chefs et brûlait d'impatience de
montrer son bouillant courage, de
prouver qu'il n'était pas indigne de
marcher sur les traces de ces guerriers
magnanimes dont l'intrépidité et le
génie faisaient le destin des combats.
L'occasion ne tarda point à se présenter.

C'était l'époque à jamais glorieuse
où nos armes triomphantes avaient
soumis presque l'Europe, où le nom

français , aussi redoutable que celui des anciens maîtres du monde, imprimait la terreur et l'admiration aux peuples les plus reculés. L'Espagne seule opposait une invincible résistance à l'ambition démesurée d'un homme que les lauriers les plus beaux de la victoire n'avaient pu encore satisfaire. Le régiment d'Alphonse alla joindre la grande armée. Il passa les Pyrénées et entra sur le territoire de l'antique Ibérie , impatient de rencontrer l'ennemi.

Bientôt les nombreux bataillons d'un peuple , jaloux de son indépendance, paraissent à la vue de nos phalanges. De part et d'autre on s'arrête , on s'observe et l'on se prépare au combat.

Tel qu'un lion de Numidie, affamé de carnage, irrité par une soif dévo-

rante, cherche à assouvir le besoin qui
le presse en s'élançant sur un léopard
terrible qui ose lui résister, ainsi se
précipite avec impétuosité l'armée
française sur les légions menaçantes
des peuples du midi. Bientôt toutes
les colonnes s'ébranlent en même
temps et roulent comme un torrent
débordé sur le centre des ennemis. Le
feu commence. Des tourbillons de
poussière et de fumée rougie s'élèvent
et demeurent suspendus sur les com-
battans. L'airain vomit la mort de
toutes parts avec un bruit épouvan-
table; le sang coule par flots, il inonde
le champ de bataille. De ce théâtre de
destruction partent de longs cris de
douleur et de désespoir. Le cliquetis
des armes, le hennissement des chevaux, le son aigu des clairons et des
tambours, le commandement des

chefs, s'unissent, se confondent avec ces cris plaintifs et ressemblent aux mugissemens sans fin des eaux d'une cascade élevée.

Cependant le carnage continue. Déjà les rangs ennemis sont ouverts; déjà même tout fuit devant nos terribles guerriers. Le régiment d'Alphonse avait fait des prodiges de valeur; mais emporté par son ardeur, il avait poursuivi les bataillons épars trop avant dans les montagnes. Un des généraux espagnols, s'apercevant de cette imprudence, parvient à rallier quelques troupes, se retourne et fond avec fureur sur nos braves. Un nouveau combat s'engage; mais les Français inférieurs en nombre et n'occupant qu'une position défavorable commencent à plier. A chaque instant ils s'affaiblissent. C'en est fait,

I.

7.

ils vont succomber. Entourés de tous
côtés par l'ennemi, ils n'ont plus de
ressource que dans la retraite. Elle
s'effectue aussitôt.

Alphonse avait jusqu'alors com-
battu avec ardeur; son courage se
soutenait encore en ce moment périlleux. Tout à coup il voit son général
seul, se battant en désespéré contre
plusieurs soldats espagnols qui sont
prêts à lui ôter la vie, s'il ne se rend à
discrétion. Fondre sur cette multi-
tude avec la rapidité de l'éclair, renverser tout ce qui s'oppose à son passage, parvenir enfin par des efforts
inouïs jusqu'à ce brave guerrier,
écarter le fer homicide levé sur sa tête
et dirigé sur son sein : telle fut la
conduite du jeune Dalméran. Jamais
militaire ne montra plus d'audace et
de sang froid; jamais héros ne fit

preuve de plus de force et de courage que notre nouveau soldat : tous
ses coups portaient l'épouvante et la
mort. Bientôt il a mis en fuite ceux
qui menaçaient les jours de son illustre chef ; bientôt il a entraîné celui-ci
loin de ce lieu funeste.

Le général plein de reconnaissance
et d'admiration remercie son libérateur, lui demande son nom et le retient près de lui. Ils retournent ensemble joindre le régiment.

Depuis ce jour Alphonse resta près
du général. Ce dernier eut bientôt
lieu de connaître son heureux caractère et ses talens distingués. Voulant
s'acquitter envers lui, il le fit revêtir
du grade d'officier, et obtint pour lui
la croix d'honneur.

Quelques actions eurent encore lieu
où Alphonse prouva ce que peuvent
*

le courage et la vertu dans une âme
bien née. Tantôt c'était une pièce de
canon qu'il enclouait ; tantôt un con-
voi ennemi qu'il aidait à enlever :
d'autrefois, c'étaient des enfans éplo-
rés, des femmes dans le désespoir et
près de devenir les victimes d'une
soldatesque étrangère, alliée alors à
nos armes, qu'il arrachait à une li-
cence effrénée, à une barbarie mons-
trueuse. Dans une autre circonstance,
c'était une famille désolée, ayant
tout perdu, à qui il donnait son ar-
gent, sa montre, ses habits, et qu'il
protégeait contre la fureur des vain-
queurs égarés. Telle était la conduite
d'Alphonse sous les armes : nous ne
le suivrons point dans cette malheureuse expédition où périrent des
deux côtés tant d'illustres et généreux
soldats. Tous les efforts pour sou-

mettre cette nation fière et courageuse ayant été vains, les débris de
nos bataillons rentrèrent sur le territoire français. Le régiment d'Alphonse fut alors envoyé en quartier
d'hiver à Bordeaux.

Nombre d'officiers de ce régiment
avaient succombé dans les dernières
affaires, entre autres le major. Ce
dernier fut remplacé par un genevois,
ami intime de Brulmonti, nommé
Mielgess. C'était un homme présomptueux, hardi et d'une ignorance encore plus révoltante. Il est des phy-
sionomies tellement expressives, que
l'œil le moins observateur peut facile-
ment y lire les mouvemens secrets de
l'âme. Celle du nouveau major était
de ce nombre. On découvrait dans ses
regards sombres, dans la contraction
éternelle de ses traits, quelque chose

de perfide et de féroce, que ses cheveux rouges, plats et gras, rendaient encore plus repoussant. Erich et Alphonse en furent d'abord frappés ; l'expérience ne prouva que trop combien étaient fondées leurs préventions : mais n'anticipons pas et achevons le portrait du major, en disant que son caractère était roide et fourbe, jaloux et calomniateur; que le mérite d'autrui lui était insupportable ; qu'il ne pouvait souffrir qu'on louât qui que ce fût en sa présence ; qu'il se faisait au contraire un extrême plaisir d'entendre médire et calomnier ; qu'enfin les lâches délations était avidement accueillies et récompensées de cette âme bassement hypocrite. Tel était l'officier supérieur auquel la discipline soumettait Erich et Alphonse.

Ce dernier ne s'alarma point de la réputation odieuse de ce major : il pensa qu'en remplissant ses devoirs avec exactitude, la méchanceté n'oserait l'accuser ; mais qu'une âme simple et honnête est loin de soupçonner la perversité des hommes ! Tandis qu'il s'abandonne avec sécurité à toute la confiance que donne la vertu, la vengeance médite dans l'ombre ses coups et aiguise ses poignards. Brulmonti ayant appris qu'Alphonse servait sous Mielgess, concerta avec ce dernier les moyens de perdre notre intéressant orphelin.

Cependant, Alphonse, fort de sa conscience et de sa conduite passée, tranquille sur l'avenir, continua toujours d'agir avec la même droiture et la même candeur. Les nœuds de la plus douce amitié s'étaient resserrés

entre lui et l'officier Erich Dorsai.
On parlait partout de leur attachement. La plus sévère sagesse les faisait distinguer, et admettre dans plusieurs sociétés de la ville.

De toutes les maisons où ils étaient
reçus, ils préféraient celle d'un riche
propriétaire : les différens personna-
ges qui s'y réunissaient les récréaient
beaucoup. Jamais en effet musée gro-
tesque n'offrit un assemblage d'originaux plus pitoyablement ridicules.

Près d'un sot embarrassé de sa personne, de ses réponses, se trouvait
un fat éhonté que rien n'intimidait ;
à leurs côtés étaient des femmes,
petites-maîtresses qui, revêtues des
costumes ridiculement immodestes
des Phriné et des Laïs, osaient encore prétendre à la considération des
hommes sages, que leurs travers fai-

saient souffrir. Plus loin cinq ou six
individus, resserrés en groupe, la tête
haute, l'œil enflammé, la bouche
écumante, le geste vivement expres-
sif, s'échauffaient à discuter une
question de diplomatie, que pas un
d'eux ne comprenait.

Dans un coin du salon se tenait
retirée du gros de la compagnie une
vieille marquise, fidèle à son bonnet
bouillonné, à son antique vertuga-
din, et au rouge de la cour, montrant
dans sa pauvreté et les épreuves du
malheur un incorrigible orgueil, dé-
daignant de répondre à l'élève distingué des arts, au citoyen utile que
dégradait à ses yeux *la roture*,
écoutant de préférence une manière
d'homme, grand, sec, blême, au
vêtement arriéré, aux ailes de pigeon
soupoudrées, lequel dans la plus

crasse ignorance des individus et des
choses se complaisait à afficher la
plus insupportable prétention que jamais sot eût montrée, et criait plus
haut que tous les autres, pour défendre la cause désespérée du respect
dû à sa gentilhommerie.

A l'autre extrémité de l'appartement, étaient plusieurs jeunes gens
qui s'étudiaient à gâter le plus beau
naturel par des airs bruyamment éva-
porés. Efféminés comme Alcibiade,
ils en avaient la grâce et la vivacité,
sans en avoir les talens et le courage;
fiers et dédaigneux, ils voulaient par
fois paraître réservés, et n'étaient que
ridicules. A force de vouloir faire les
connaisseurs et les aimables, ils laissaient étourdiment découvrir leur pitoyable nullité : on ne pouvait prêter
l'oreille à leurs discours; car leur lan-

gage n'était qu'un grasseyement con-
tinuel, qui ressemblait assez au bruit
monotone des nuisibles frélons. On
cherchait en vain à lire sur leurs visages les affections de leur âme; on
n'y apercevait qu'une variété conti-
nuelle d'impertinentes minauderies:
leurs têtes pompeusement mouvan-
tes, n'exprimaient que la légèreté; ils
souriaient entr'eux avec intelligence
et grimaçaient par *ton*. Tantôt leur
contenance était roide, tantôt ma-
niérée: lorsqu'ils témoignaient à quelque étranger de la politesse et des
égards, c'était avec cet air qui laisse
incertain si l'on doit s'en fâcher.
Choquant, heurtant de front tout
ce qui n'était pas réglé par le caprice
et la mode, ils plaisantaient amèrement sur les êtres les plus respectables, les vieillards et les femmes.

Quelquefois Alphonse et Erich y trouvaient de ces hommes qui savent excellemment digérer, se rouler lourdement sur un sopha, et rire niaisement d'une grosse plaisanterie. Le ton de ces individus était haut et suffisant; ils dominaient : c'étaient des parvenus. L'aveugle fortune les trouvant sans esprit, sans talens, sans aucun mérite réel, leur avait prodigué ses faveurs, comme un dédommagement des disgraces de la nature; ces gens-là ne dérogeaient point à l'usage : ils étaient riches, mais ineptes et insolens.

Les épouses de ces hommes étaient chargées plutôt que parées par leur toilette et leurs diamans; elles savaient, comme leurs maris, écraser pesamment les carreaux d'un fauteuil, et battre adroitement les cartes.

Le plaisir du gain venait seul, par intervalles, ébranler ces lourdes machines.

Les filles de ces derniers forçaient en quelque sorte les hommes à dédaigner leur beauté, leur jeunesse; elles ne savaient ni saluer, ni marcher, ni parler, ni écouter. Leur maintien était hardi, leurs discours médisans, leurs regards effrontés. Les hommes les fixaient insolemment, et passaient devant elles sans leur marquer le moindre égard d'usage. Elles ne s'offensaient point de ces incivilités : c'étaient de belles statues qu'on pouvait outrager impunément, et dont on méprisait l'insensibilité.

Quant au maître du logis, il réunissait en lui seul tous les défauts de ces originaux : c'était un petit homme

trapu, au visage mulâtre, au regard
niais, qui avait acquis tout d'un coup
par la voie de l'agiotage une immense fortune et de l'esprit. Le caractère de cet individu était grand
pour les petites affaires : il aimait du
reste à se loger superbement, à se
nourrir à grands frais, et à se vêtir
avec magnificence. Erich comparait
plaisamment cet homme à une mé-
daille fausse, fruste, inanimée et
couverte d'une épaisse patine, mais
placée très-soigneusement avec des
diamans et des perles fines dans un
riche et brillant écrin.

Telle était la société où nos deux
jeunes officiers allaient quelquefois
se distraire de leurs travaux. N'ayant
que des vertus et du mérite, ils y
étaient à peine remarqués, et ne s'en
offensaient point. Ils venaient là, non

pour y être appréciés, mais pour y
épier la sottise au passage et la prendre sur le fait; ils y venaient, non
pour trouver des hommes parmi des
individus qui semblaient avoir oublié de l'être, mais pour examiner
les défauts dans toute leur hon-
teuse laideur, et apprendre à les
éviter.

Cependant la conduite sage et ré-
servée de nos amis finit par être remarquée et par offenser leurs camarades qui, croyant y voir la censure de
la leur, en témoignèrent des plaintes
d'abord décentes; car tel est l'empire
de la vertu qu'il commande l'estime
envers ceux qui lui obéissent : on
n'ose les critiquer en face; la plaisanterie à leur vue expire sur les lèvres.

Alphonse et Erich, s'apercevant de
la froideur de leurs compagnons d'ar-

mes, en gémirent; mais plus attachés encore à leurs devoirs qu'à ces
militaires déraisonnablement suscep-
tibles, ils continuèrent toujours le
même genre de vie, observant toutefois de marquer à ces derniers les
déférences et les égards les plus honnêtes.

Ainsi s'écoulèrent les six premiers
mois de leur garnison. Pour se distraire de ces nombreux soucis, nos
deux amis allaient presque tous les
soirs se promener ensemble dans la
campagne. Tantôt ils s'amusaient à
herboriser; tantôt, assis au pied d'un
arbre dans une belle prairie, ils lisaient des ouvrages amusans et ins-
tructifs.

Depuis peu ils avaient découvert
sur les bords de la Garonne un site
charmant, couvert d'un épais gazon,

entouré et couronné d'arbres qui formaient un magnifique cabinet de verdure inaccessible aux rayons du soleil :
c'était le lieu favori de leurs rendez-
vous. Un matin qu'Alphonse y était
allé seul respirer la fraîcheur et méditer, il entendit une voix plaintive
qui appelait au secours. Il se lève
précipitamment , écarte les branches
de feuillage dont les rameaux s'in-
clinaient naturellement sur les eaux.
Il aperçoit à une vingtaine de pas une
femme qui , étant tombée dans le
fleuve, faisait d'inutiles efforts pour
regagner le rivage. Alphonse, inspiré
par la générosité de son cœur, ne
consulte ni ses forces, ni ses moyens :
il se jette tout habillé à la nage, vole
au secours de la personne qui se noie
et qui vient de disparaître sous les
eaux, plonge à plusieurs reprises,

I. 7.

parvient enfin à la saisir et la ramène sans connaissance à bord.

Les cris de cette infortunée avaient été entendus des chaumières voisines : plusieurs paysans étaient accourus. Alphonse les pria de transporter cette femme dans leur habitation, dirigea leurs secours et ne les quitta point qu'il n'eût vu ses soins couronnés du succès. Revenue à la vie, cette femme raconta qu'étant occupée à laver du linge, un éblouissement subit l'avait frappée et qu'elle était tombée dans l'eau.

Cependant, cet événement avait fait oublier à Alphonse l'heure de la parade : midi venait de sonner, il frémit en pensant à la sévérité du major ; il se rend en toute hâte à la ville, va changer d'habit, et vole avec empressement sur la place où se réu-

nissait le régiment. Il arrive qu'on
venait de donner le signal du départ;
il entend les trompettes sonner la
marche, il voit le corps défiler. Alphonse pour la première fois en défaut tremble pour le châtiment; il
n'ose avancer vers ses chefs : on dirait,
à le voir, qu'il vient de commettre une
mauvaise action; ses camarades le
saluent en passant d'un sourire rail-
leur et sardonique. Le seul Erich
paraît affligé, son regard interroge
avec inquiétude celui de son vertueux
ami et semble le plaindre.

En ce moment le major Mielgess
arrive près d'Alphonse et lui demande durement pourquoi il ne s'est
pas trouvé à son poste. Alphonse lui
raconte avec simplicité la cause de
son retard.

—Il n'est rien, lui répond avec

*

colère ce chef injuste, il n'est rien
qui puisse exempter des devoirs. Un
vil mensonge..., une méprisable in-
trigue... Me prenez-vous donc pour
votre dupe? Vous serez, monsieur,
quinze jours aux arrêts.

— Monsieur le major, je puis vous
prouver le fait...

— Je sais que les libertins ne man-
quent jamais de moyens pour légi-
timer leur inconduite.

— Libertin! reprend Alphonse du
ton le plus modéré et le plus soumis,
j'ai toujours fait profession de les fuir :
votre reproche, monsieur le major,
ne saurait m'atteindre.

— Vous raisonnez avec imperti-
nence, monsieur; je double le temps
de votre correction.

— Monsieur le major, j'obéirai;
j'aurai plus de loisir pour réfléchir sur

l'abus du pouvoir : le major lui lança un regard terrible. Alphonse se reprochant déjà ses dernières paroles que la vivacité et l'indignation lui avaient arrachées, se retira en silence.

Dès qu'il fut à son domicile, il écrivit à son ami Erich, pour l'instruire de tout ce qui venait de se passer, et le prier de se rendre au plutôt près de lui.

CHAPITRE XI.

Erich accourut sur-le-champ à la demeure d'Alphonse, et chercha à le consoler : il est des punitions, lui disait-il, qui loin de flétrir honorent ; lorsqu'on connaîtra le sujet de la vôtre, on louera votre conduite, on vous en félicitera ; celle du major au contraire excitera l'indignation et le mépris. La vertu, mon ami, n'est jamais sans approbateur : votre bonne action trouvera son éloge parmi les hommes, comme elle trouve sa récompense au fond de votre cœur.

Ce fut par de semblables discours

que M. Dorsai rassura Alphonse.
Pensant avec raison que cette âme
ardente et sensible, déjà cruellement
froissée par tant de chagrins, succom-
berait d'ennui et de tristesse dans cette
longue claustration ; il venait tout le
temps que son service lui laissait de
libre, s'enfermer avec son ami, et
s'efforçait par son enjouement de le
distraire. La lecture, le dessin, la
musique étaient surtout les moyens
qu'il employait : chaque jour il appor-
tait au prisonnier des livres nouveaux
qu'ils lisaient ensemble ; mais de tous
les ouvrages qu'ils parcoururent,
nul ne leur causa autant de plaisir
que le savant ouvrage de Barthélemy.
Avec quel ravissement ils dévorèrent
cette ingénieuse production, qu'ils
avaient déjà vue au collége ! avec quel
intérêt ils méditèrent sur ces belles

descriptions des premiers temps de la superbe Grèce ! quel enthousiasme les traits sublimes des héros de cette terre antique, berceau de la liberté et des beaux arts, élevaient dans leur âme guerrière ! quelle admiration à la narration de la bataille de Leuctre et de Mantinée ! quel attendrissement au récit de la mort d'Epaminondas ! Plus d'une fois leurs larmes coulèrent avec celles des amis de cet illustre général ; plus d'une fois ils portèrent envie à sa valeur incomparable, à sa fin glorieuse.

Déjà le temps des arrêts d'Alphonse était près d'expirer ; déjà nos deux amis s'entretenaient du bonheur qu'ils auraient bientôt de reprendre en commun leurs travaux, de jouir encore de ces délicieuses promenades champêtres, de revisiter ce site charmant, cause d'une faute si consolante. Un jour, un seul jour encore, et Alphonse était libre ! et ils volaient ensemble sur les bords de cette rivière, s'informer de la femme qui en avait été retirée, lorsque, sur le soir de la veille de cet élargissement si désiré, plusieurs soldats armés se présentent au domicile d'Alphonse, et lui signifient l'ordre du major de le conduire en prison.

— Comment en prison ! s'écrient à la fois nos deux amis, étonnés et pâlissans d'une secrète inquiétude ! et quel est donc le crime qui a pu attirer ce nouveau châtiment ?

— Je l'ignore, répond avec respect le sergent ; mais voici le rapport qui vient de m'être remis. Érich le prend, le parcourt avec trouble. L'indignation, la colère paraissent tour à tour sur son visage.

1.   8

Quelle bassesse ! quelle infamie ! s'écrie-t-il. O Alphonse ! on ose vous accuser d'avoir, par écrit, appelé le major en duel, et d'avoir, ce matin même lorsqu'il passait sous vos fenêtres, tiré sur lui.

Alphonse resta d'abord immobile et muet d'une accusation aussi atroce. Il ne pouvait croire à tant d'injustice et d'horreur. Qui ? moi, je me serais souillé du crime de rébellion contre mes chefs ! ... Non, jamais je n'eus cette coupable audace. J'ai su me soumettre à une cruelle sévérité, sans en appeler à mon général ; mon silence, ma résignation, dans une circonstance où je pouvais faire révoquer des arrêts injustes, justifient ma conduite et détruisent ces accusations mensongères. N'importe, j'obéirai encore de nouveau. Adieu,

cher Erich ; n'oubliez pas votre ami ;
adieu , je remets entre vos mains le
soin de ma défense. M. Dorsai attendri , l'œil sombre , l'air rêveur, se
jeta entre ses bras , et lui jura le plus
fidèle attachement. Ils se tinrent
long-temps embrassés en se donnant
les noms les plus doux. Les soldats
témoins de cette scène essuyaient
furtivement leurs larmes , et murmuraient tout bas contre le major et
les vexations dont il les accablait eux-
mêmes.

Après ces marques d'intérêt et ces
assurances réciproques d'amitié, Alphonse avertit le sergent qu'il était
prêt. Il sortit avec ce calme et cette
assurance que donne l'innocence ,
ayant plutôt l'air de commander à
ces soldats, que d'en être gardé.

Arrivé à la prison , on le conduisit

*

sur-le-champ dans un cachot profond
et infect, où on le laissa sans lumière
et sans nourriture. L'obscurité la plus
grande régnait dans ce triste lieu. Alphonse s'appuyant le long de ces murs
humides chercha, en tâtonnant, s'il
trouverait un siège pour se reposer ; il
ne rencontra que les restes à moitié
pourris d'un lit de paille ; il se coucha
tranquillement dessus sans se plaindre, espérant que le Dieu protecteur
et rémunérateur de la vertu ne l'aban-
donnerait pas dans un danger si émi-
nent.

Tandis que le sommeil de la confiance vient s'appesantir sur ses pau-
pières, retournons près d'Erich, et
voyons ce que l'amitié lui inspire.

Dès qu'Alphonse fut parti, il courut
en toute hâte chez le colonel ; mal-
heureusement ce dernier, qui aimait

beaucoup Alphonse, était absent depuis quelques jours, et ne devait revenir que le lendemain. Erich au désespoir se rendit chez le général, et ne put pareillement lui parler, parce qu'une soudaine indisposition le faisait cruellement souffrir. Il se retira inquiet, alarmé sur le sort de son vertueux ami, attendant et redoutant à la fois ce lendemain qu'il s'était, peu auparavant, promis de fêter, et que le crime devait peut-être marquer dans ses odieuses annales.

Le soleil avait à peine commencé sa carrière, qu'il se leva et écrivit quelques mots pour servir à la défense d'Alphonse; il ne quitta ce travail que pour vaquer à son service. Le soir il retourna voir le général et le colonel. Il leur raconta les faits, les pria, les pressa d'arrêter toutes poursuites.

Etonnés, confondus, ces chefs respectables ne peuvent croire à tant de scélératesse de la part du major. Certains d'avance de l'innocence d'Alphonse, ils cherchent à rassurer Erich, lui promettent d'employer tout leur crédit pour sauver leur intéressant ami.

En effet, le général écrivit sur-le-champ au ministre en faveur de son généreux libérateur; mais déjà le major l'avait prévenu, en peignant à Son Excellence notre infortuné prisonnier sous les traits les plus noirs. Le ministre répondit quelques jours après au premier, pour lui ordonner de convoquer de suite un conseil de guerre, dont il le nommait président, et le colonel vice-président. Le général ne doutant pas qu'il ne fût facile de prouver la fausseté de l'inculpation, appela les officiers au conseil le lendemain. Erich, agité des plus déchirantes inquiétudes, s'y rendit avec empressement.

Il était neuf heures du matin. Déjà la salle était remplie des officiers supérieurs qui devaient prononcer sur le sort de son ami. Il resta douloureusement affecté en voyant l'air indifférent de quelques-uns de ses camarades. Il fut se placer en silence près du banc où devait siéger son infortuné ami. Bientôt le général et le colonel entrèrent; à leur vue tous les officiers se rangèrent en ordre.

Le général fit signe qu'on introduisît le prévenu. Alphonse paraît, la pâleur de la souffrance sur les traits, mais le calme de l'innocence dans les regards et le maintien. Un léger murmure circule dans les rangs. Pour le général le trouble et l'émotion l'agitent puissamment. Il voit son libérateur généreux, celui qui lui sauva si courageusement la vie, sur le banc des accusés : son cœur ému se révolte à juger un homme à qui il est redevable des jours de bonheur qu'il goûte, d'un officier qu'il éprouva toujours brave et honnête, respectueux et zélé. Il se tourne vers le colonel non moins agité, et tous deux fixent le major. Ce dernier évitant leurs regards affecte cette assurance qu'inspire la duplicité.

Aussitôt le rapporteur s'acquitte des fonctions de sa charge. Il avance qu'Alphonse a tiré sur le major ; que le domestique de ce dernier accompagné d'un soldat, qui le suivaient en ce moment, l'ont vu et attesteront le fait ; qu'en outre Alphonse avait provoqué en duel M. Mielgess par une lettre qu'il produit.

Un profond silence règne dans la la salle : tous les assistans se regardent avec surprise. La prétendue lettre adressée au major est soumise au général, au colonel, et circule de main en main. Quelques murmures se font alors sourdement entendre. Il était faux qu'Alphonse eût jamais écrit au major : ces chefs d'accusation ne l'affectent point.

Cependant un écrivain expert est appellé et confronte l'écriture et la signature de cette lettre avec celles de quelques billets de l'accusé, que présente Erich. Cet homme d'un talent consommé examine long-temps les pièces, et hésite à en prononcer l'identité ; il les considére de nouveau. Enfin il déclare que les caractères sont bien ressemblans; mais qu'il n'ose et ne veut point jurer qu'ils soient de la même main, qu'il penche plutôt pour la négative.

On introduisit les témoins. Dans tous les rangs, dans toutes les classes de la société, il est des âmes viles, des cœurs sans foi, sans probité, que l'appât de l'or ou de l'avancement rend parjures et imposteurs. Le soldat protesta qu'il avait vu Alphonse ajuster le major, mais que le coup avait manqué. Le domestique rendit le même témoignage.

Alphonse interrogé répondit avec sang-froid et dignité; repoussant avec mépris ces odieuses accusations, il pria ses juges de les examiner attentivement, s'en remettant avec confiance à leur raison, à leur probité.

Erich se leva alors et parla en faveur

de son malheureux ami avec toute
la chaleur de l'intérêt le plus tendre ;
il démontra avec force l'impossibilité,
la fausseté des faits ; il exposa la vie
toujours irréprochable de son cama-
rade, défia ses ennemis, le major lui-
même, de le charger de la moindre
faute, avant les arrêts injustes dont il
l'avait puni ; il instruisit le conseil de
la cause honorable de ces arrêts, et
demanda qu'on interrogeât bien plus
scrupuleusement les témoins. Son
discours simple et sublime à la fois
produisit l'effet le plus étonnant sur
tous les esprits. Jamais l'amitié ne
tint un langage plus touchant. Tous
les assistans attendris se sentaient en-
traînés par son éloquence.

Conformément au désir d'Erich,
le général fait de nouveau comparaî-
tre les témoins qui s'expliquent à

charge d'une manière uniforme ,
claire et précise. Tous les visages
expriment l'abattement. Un vaste silence succède. Enfin , les débats
fermés, on va aux opinions. Le général recueille les voix. Il avait compté
sur la moitié : faisant les fonctions
de président, la sienne devait établir
plus que la majorité. Hélas ! qui
pourra peindre sa douleur, à la vue
des trois quarts des voix contre! à
peine a-t-il la force de se soutenir ;
un nuage s'étend sur ses yeux troublés , et la parole s'éteint sur ses lèvres tout à coup décolorées. La répugnance qu'il éprouve à sanctionner
un arrêt qu'il croit injuste, à con-
damner à mort un homme qui lui
sauva la vie , lui cause une révolution
subite. Depuis quelque temps sa
santé était faible, il ne peut résister

à une telle secousse, il se trouve mal ; on est contraint de l'emporter évanoui dans son hôtel.

Le colonel, en qualité de vice-président ; est forcé de le remplacer. Ce vertueux militaire chérissait tendrement Alphonse ; quoique convaincu intérieurement de son innocence, il ne peut aller contre la discipline, les lois et la majorité du conseil ; d'une voix faible et émue, il prononce la fatale sentence, en protestant toutefois contre.

Un sourire féroce effleure en ce moment les lèvres du major. Alphonse entend sans trouble son arrêt, il lève les yeux au ciel en signe de résignation, puis les reportant sur la terre, il les abaisse sur son ami qui se livrait à la douleur, au désespoir. Il l'embrasse, le console et le prie de

se souvenir de léur attachement.
Erich étouffé par ses sanglots ne peut
que lui serrer la main ; il le regardé
s'éloigner avec une immobile et ef-
frayante stupeur. Long-temps il fait
craindre pour l'égarement de sa raison. On le ramène à son domicile.

Le lendemain , quand les premiers
déchiremens de cette angoisse sont
affaiblis , il se lève, court chez le
général , l'engage à faire venir le soldat et le domestique qui avaient rendu
témoignage, et à les intimider. Celui-ci approuve cet avis ; il fait amener
près de lui ces deux hommes, use
d'artifice pour leur arracher la véri-
té ; il les assure qu'il connaît présen-
tement la fausseté de leur témoignage,
et que le major venait de lui tout
révéler. Ces malheureux tremblans
se jettent aussitôt à ses genoux , font

l'aveu de leur crime et demandent
grâce de leur funeste mensonge. Le
général indigné ordonne qu'on prenne
acte de cette rétractation faite en
présence de plusieurs témoins, qui
signent avec le domestique et le soldat : il commande qu'on enferme ces
deux misérables, et autorise Erich
par un écrit d'aller sur-le-champ
délivrer Alphonse, se rendant lui-
même caution pour ce vertueux militaire.

Erich transporté de joie, court de
suite à la prison : il demande son ami.
Le geôlier lui apprend qu'on le conduit à l'heure même au supplice.

—Au supplice, répète Erich épou-
vanté ! ciel ! et quel en est le lieu ?...
Cet homme le lui apprend. Sans lui
répondre, sans le remercier, M. Dorsai le quitte et vole à l'endroit dési-

gné. Il arrive et voit un grand con-
cours de peuple sur la place ; il se fait
jour à travers la foule en criant :
grâce ! grâce !!. On se range sur son
passage, on le considère avec étonnement. L'altération de ses traits, son
trouble, son agitation le font prendre
pour un insensé... Toutefois, il parvient jusqu'aux rangs des soldats,
qui reconnaissant un de leurs officiers
lui donnent des marques de leur respect. Il avance au milieu d'eux. Hélas ! qui peindra son saisissement à la
vue de son ami, les yeux couverts
d'un mouchoir, à genoux en face
d'une brigade prête à tirer sur lui : il
se précipite devant les armes en s'é-
criant avec force :

— Arrêtez de la part du général...
M. Dalméran n'est point coupable ;
son innocence vient d'être reconnue ;

voici l'ordre de votre chef, obéissez,
retirez-vous...

Le major furieux et tel qu'un lion
à qui un chasseur adroit a arraché
son innocente victime, s'emporte et
menace... Erich lui montre l'écrit
du général et le remet au colonel
présent; puis courant à Alphonse, il
lui ôte le bandeau fatal, le presse sur
son sein et le mouille des larmes de
la plus délicieuse joie.

Alphonse rendu à la lumière, à la
vie, remercie son généreux ami. Les
soldats, les assistans émus versent des
pleurs d'attendrissement, louent leur
sublime attachement, leurs rares
qualités, font des vœux pour leur félicité, les reconduisent au milieu des
acclamations les plus flatteuses d'intérêt, et marquent hautement leur
indignation contre le major. Ce der-

I.   8.

nier , accablé d'injures par le peuple
soulevé, se sauve furtivement, et n'ose
plus reparaître.

Le général revit avec plaisir Alphonse , eut toujours pour lui le
même attachement et ne cessa de lui
témoigner sa reconnaissance. Il aimait
également Erich et ne parlait jamais
de ce brave officier qu'avec estime ;
il le citait sans cesse comme le plus
parfait modèle d'amitié et de régularité.

Cependant la conduite criminelle
du major Mielgess étant mise en tout
son jour , le ministre en étant instruit
manda ce misérable, et le dégrada
ignominieusement. Pour les deux
témoins , le général, à la prière d'Alphonse , fit commuer leur peine à
quelques mois de prison.

Nos deux amis reprirent leurs fonctions et leurs chères habitudes; ils retournèrent encore méditer à leur site favori, et répétaient souvent avec complaisance, en se reposant sous ces ombrages délicieux : qu'il est doux de revoir les lieux témoins de nos bonnes actions ! Est-il une jouissance plus vive que celle du souvenir du bien ! est-il des chagrins et des maux que n'effacent l'aspect des infortunés qu'on soulagea, et que les bénédictions de la reconnaissance ne rendent même désirables!

Rien désormais ne contrariant les goûts de ces deux vertueux militaires, ils se livrèrent avec ardeur à toute la noblesse, à toute la générosité de leur âme. Nous ne retracerons point ici les différens traits d'humanité, de bienfaisance, dont ils donnèrent tour à tour l'exemple. Le sage marque tous

ses jours par des actes utiles; il s'é-
lance à chaque instant vers le bien
général, et regrette, comme Titus,
que l'occasion de le faire lui manque. Je ne décrirai donc point l'empressement que montrait Alphonse
près des malheureux, les services
qu'il rendait à ses camarades, ses
soins envers les familles indigentes
qu'il découvrait, ses secours dans les
malheurs publics; toutes ces actions
sont naturelles et se retrouvent dans
la plupart de nos guerriers français.
Je passerai également avec rapidité
sur un long intervalle de huit mois
ainsi écoulés dans la pratique de bien:
je me hâte de décrire les nouveaux
malheurs qu'Alphonse éprouva.

CHAPITRE XII.

Un bonheur parfait et durable ne peut-être départi à l'homme. Toujours quelques soucis, quelques contrariétés viennent troubler cette aimable harmonie qui repose si délicieusement le cœur des orages de la vie ; toujours des causes imprévues, des circonstances inévitables viennent rembrunir les rapides momens de cette précieuse existence.

Depuis quelque temps, M. Érich Dorsai se plaignait de graves indispositions : Alphonse lui avait conseillé de se reposer, de voir, de consulter un médecin; mais ce jeune officier, plein de zèle et d'ardeur, négligeait les avis de l'amitié, croyant que la force de son tempérament le mettrait à l'abri de tout danger. Cependant il éprouva bientôt combien il est imprudent de mépriser les premiers symptômes du mal : sa santé se détériora insensiblement. Une langueur consomptive mina sourdement en lui les ressorts de la vie, ses jours finirent par être menacés.

Alphonse ne l'abandonnait point. Assis à ses côtés, il cherchait à le distraire, à le consoler. Souvent il le surprenait plongé dans de profondes rêveries; souvent il l'entendait soupirer en secret. Son cœur se déchirait alors d'inquiétude et de douleur. Hélas! se disait-il, Erich a

éprouvé quelque malheur qu'il me
cache. Il aime peut-être comme moi
sans espoir, et il me fait un mystère
de ses peines à moi qui serais si heureux de les partager, de les alléger.
Oh ! comment peut-il m'affliger in-
justement. Dans ces momens, Alphonse cherchait à faire épancher son
ami ; mais tous ses efforts étaient inutiles. Erich, comme s'il ne l'eût pas
compris, ne lui répondait point : son
air seul devenait plus triste et ses regards plus mélancoliques. Sans doute,
pensait Alphonse, l'infortuné éprouve
ce sentiment brûlant qui agite si tu-
multueusement le milieu de la vie de
l'homme ; si l'amour ne régnait pas
en son cœur, s'il ne le tourmentait
pas de ses inquiétudes, il entendrait
mes consolations ; mon attachement
dissiperait cette noire mélancolie qui

dessèche et flétrit son existence ; mais je n'ai que trop lieu de le croire, il aime, et craint de m'en faire l'aveu.

Telles étaient ses pensées ; toutefois respectant les peines secrètes de son ami, et craignant de l'affliger par des instances trop opiniâtres, il résolut d'attendre qu'il lui en parlât désormais le premier, lorsque, sur ces entrefaites, le régiment où ils servaient reçut l'ordre de se rendre sur-le-champ à Strasbourg, pour se réunir aux colonnes qui allaient porter dans le sein de la Russie cette guerre mémorable, entreprise gigantesque, que l'ambition effrenée avait follement méditée.

Quelle nouvelle pour Alphonse ! quel coup affreux ! comment laisser son ami mourant entre des mains mercenaires ! comment vivre loin de

celui que la reconnaissance la plus
vive et l'attachement le plus tendre
font chérir à l'égal d'un frère? Alphonse cherche en vain un moyen,
une possibilité. Partagé entre ses devoirs et l'amitié, il voudrait également
ment faire son service et rendre ses
soins à Erich. Il prie le général de
lui permettre de rester quelque temps
auprès de son ami ; mais ce chef
éclairé ne peut se résoudre à lui ac-
corder cette faveur; il a besoin de
lui : la campagne est prête à s'ouvrir, il pense à l'avancement de son
protégé ; il veut que ce jeune guerrier
l'accompagne ; il est impatient de
l'associer à ses travaux, à sa gloire.
Alphonse sollicite en vain : il ne peut
rien obtenir. Il se soumet. Mais,
comment annoncer cette accablante
nouvelle à Erich? Comment sup-

I.   9

porter ses regrets déchirans et la plainte secrète de ce cœur que son absence va navrer ? O Alphonse ! vous ne connaissez pas encore toute la beauté de l'âme de votre ami. Est-il des considérations que l'héroïsme puisse balancer avec les intérêts de la patrie ? A la voix de cette mère chérie, un cœur noble ne sait-il pas sacrifier tous ses sentimens ?

— Ami, dit Erich à Alphonse, votre abattement m'afflige : je ne veux point vous ravir le bonheur de paraître le premier au combat ; j'exige que vous partiez sur-le-champ. C'est assez servir l'amitié ; prouvons que les plus courageux défenseurs sont ceux que guida la vertu. Pour toute réponse, Alphonse ému serra Erich dans ses bras, lui jura un souvenir éternel et le quitta avec tristesse. Le

jour même, il partit avec le régiment.
A peine arrivé à Strasbourg, on se
dirigea vers le Nord, et bientôt on fut
sur le territoire ennemi.

Pendant plusieurs jours, il y eut
de légers engagemens entre l'avant-
garde française et des partis russes.
Enfin quelques combats se livrèrent.

Je ne suivrai point notre ami pas
à pas dans cette malheureuse expédition; je passerai sous silence une in-
finité de traits de bravoure et d'actions
louables dont il honora nos armes,
pour me hâter de peindre ce qui lui
arriva dans les dernières affaires de
cette campagne.

Déjà Krasnoi, Smolensk avaient
été témoins de la valeur incomparable de nos guerriers : la victoire paraissait demeurer constante à leurs
drapeaux. Déjà les soldats des peu-

*

ples coalisés, frappés d'une terreur
panique, abandonnaient leurs baga-
ges; et cherchaient leur salut dans la
fuite.

Les Français, maîtres du sol étranger, n'imitent point la conduite d'An-
nibal; ils poursuivent leurs conquêtes. Le Russe effrayé leur cède la
terre de ses pères et abandonne la
capitale de sa patrie. Nos légions par-
viennent jusqu'à Moscow. O spectacle affreux! et que ne peut l'égarement des hommes! L'habitant de cette
cité magnifique la livre lui-même aux
flammes, et s'enfuit dans ses déserts,
en s'applaudissant de ne laisser à notre armée qu'un monceau de ruines.

A la vue de ce barbare désespoir,
nos colonnes demeurent consternées
et muettes d'étonnement. Leurs cœurs
éprouvent un sentiment douloureux

de pitié. Bientôt à ce mouvement de sensibilité succède la consternation dans les rangs. Où trouver des abris contre les rigueurs du froid, et des approvisionnemens dans un pays dévasté ? Trop engagés pour reculer, nos guerriers poursuivent les Moscovites.

La perte de leurs biens, la vue d'une mort inévitable rendent à ces derniers le courage. Honteux de leur fuite, ils se retournent, voyent nos bataillons épars et confus, et profitent de notre désordre. Ils osent à leur tour nous attaquer.

La fatigue, la faim, le froid excessif avaient déjà épuisé nos soldats : les légions du nord ne font que seconder la dureté de leur climat et les besoins de la nature : nos guerriers sont surpris et dispersés.

Jusqu'à Smorghoni, le régiment

où servait Alphonse n'avait perdu
que très-peu de soldats ; mais en se
rendant à Wilna , il fut presque totalement détruit par les rigueurs du
climat. La plupart des officiers qui
composaient ce corps avaient succombé. Alphonse lui-même, accablé de fatigues, souffrant des douleurs incon-
cevables, n'avait plus de force pour
avancer. Appuyé sur un bâton, les
cheveux et la barbe herissés de glaçons, les vêtemens couverts de frimas, il se traînait à pas lents vers
les bivouacs. Oh! combien son âme
était déchirée de douleur, à la vue de
ces braves militaires que l'épuisement
et le froid faisaient expirer dans des
souffrances inouïes! Combien il plaignait leur sort affreux ! En vain
cherchait-il à rappeler le courage et
l'espérance dans ces hommes intré-

pides qui avaient tant de fois affronté
le fer et la mort ; les infortunés plongés dans un sombre accablement n'a-
vaient plus que l'énergie du désespoir.
Partout Alphonse voyait se renou-
veler autour de lui des scènes qui
faisaient frémir. Ici, c'étaient des
soldats qui se précipitaient sur leurs
camarades expirans, et leur arrachaient de misérables haillons pour
s'en couvrir ; là, d'autres ayant perdu l'ouïe et la parole se couchaient
le long des cadavres pour s'abriter
du froid ; plus loin, nombre de ces
malheureux guerriers brûlaient des
maisons abandonnées pour se réchauffer... On les voyait de loin rôder
comme des fantômes devant ces affreux bûchers, et souvent devenir la
proie de l'incendie, en voulant s'en
tenir de trop près.

Ce n'était pas seulement contre la
fatigue et le froid que ces infortunés
militaires avaient à lutter : la faim,
ce besoin impérieux et horrible, se
faisait encore sentir au milieu du plus
grand dénûment de vivres.

Ce fut ainsi que l'armée arriva à
Wilna, le quitta aussitôt pour se
rendre à Kowno ; une nuée innom-
brable de Cosaques poursuivait sans
relâche l'extrémité d'une des colonnes
françaises ; les débris de nos superbes
légions leur opposaient encore une
vigoureuse résistance. Dans une de
ces attaques, Alphonse, voyant son
général entouré de Russes qui cherchaient à l'emmener prisonnier, fon-
dit sur ce gros d'ennemis avec l'impétuosité du tonnerre, et fit des
efforts inouïs, mais sans succès, pour
parvenir jusqu'à lui. L'infortuné

général reçut en ce moment un coup
mortel. Apercevant son généreux officier, il porta la main sur son cœur,
comme s'il eût voulu le remercier,
et tomba au milieu de ses nombreux
adversaires, admirant malgré eux
son étonnante intrépidité. Alphonse
à cette vue redoubla ses efforts pour
le joindre, mais ses tentatives lui
devinrent funestes; plusieurs coups
de lance lui furent portés et le ren-
versèrent aux pieds de ces farouches
soldats, qui, le croyant mort, le
laissèrent sur le champ de bataille.
Cependant il n'était qu'évanoui.

Quand il rouvrit les yeux à lumière,
il n'aperçut plus qu'une vaste plaine
couverte de cadavres et de débris
d'armes; il voulut se soulever, mais
il ne put y parvenir. Forcé de rester
étendu sur la terre, il jeta avec épou-

vante ses regards autour de lui : l'affreux silence de la mort régnait dans
ces lieux d'horreur, qu'éclairait un
ciel nébuleux ; au loin se déployait
un immense horizon de neige et de
frimas. Son âme s'abandonna aux plus
pénibles réflexions : flottant entre la
crainte et l'espérance, tantôt il de-
mandait à Dieu de finir ses maux ;
tantôt il faisait de vains efforts pour
se traîner loin de ce théâtre de destruction. La nuit vint, et se passa
dans ces agitations horribles : le jour
qui lui succéda ne promettait point
de changement à son état. Le malheureux était épuisé par la perte de son
sang, par le froid et une faim dévo-
rante : ses yeux fixaient avec un morne
abattement la terre hérissée de glaçons; ses souffrances étaient affreuses.
Déjà l'espoir s'éteignait dans son

cœur, lorsqu'enfin les pas de plusieurs
hommes se font entendre sourdement
au loin. Il prête une oreille attentive... le bruit redouble, il approche,
bientôt il est près de lui... Alphonse
se soulève avec effort sur son séant,
il voit quelques compagnies de Russes
chargés d'enlever leurs compatriotes
blessés, et de dépouiller les morts.
Son cœur à cette vue se resserre péniblement ; hélas ! il avait demandé des
Français, et c'étaient des ennemis ;
il se recouche tristement résigné à
mourir.

Cependant ces soldats arrivent jusqu'à lui : le chef qui les commande
l'envisage avec bonté ; il était jeune :
l'état d'Alphonse le touche. Ce dernier toutefois ne s'est point abaissé à
aucune prière, à aucune plainte, il
ne doit cette protection qu'aux mou-

vemens d'un cœur noble et généreux, qu'à la vertu qui porte tout
homme sensible à soulager le malheur
même dans notre ennemi. Ce jeune
étranger lui parle en latin, et lui
offre ses services avec douceur. Notre
ami lui répond avec reconnaissance.
Satisfait d'être entendu, et vaincu
par cet ascendant inexprimable qui
fait taire toute animosité, l'officier
russe commande à ses gens de panser
les blessures d'Alphonse, de lui
donner quelque nourriture, et le
fait placer sur un des chariots de
leur suite, avec d'autres militaires
étrangers, également blessés.

Quelques heures ayant suffi à
l'éxecution de la mission de ces compagnies, elles retournèrent à leur
camp, en s'enfonçant vers le nord.

Le lendemain, le jeune officier

vint trouver Alphonse, et s'entretint
longtemps avec lui. Ayant fait pourvoir à ses besoins, il le fit transporter dans une espèce d'hôpital d'un
village voisin, d'où on le conduisit
quelques jours après à Casan.

Dès que ses blessures, qui heureusement n'étaient point dangereuses,
furent guéries, on l'envoya dans les
déserts de la Sybérie, avec quelques
autres militaires français. Ce que les
prisonniers eurent à souffrir des besoins de l'existence, et des rigueurs
d'un climat maudit de la nature, ne
peut s'atteindre par l'expression. Le
jour, on les forçait soit à défricher un
sol aride, hérissé de ronces épaisses,
et durci par les froids presqu'éter-
nels; soit à abattre et à scier les arbres
des forêts décrépites de ces tristes
contrées: la nuit, on réunissait ces

braves infortunés dans des lieux humides, infects, d'une étroite prison.

Cette vie pénible de la captivité
dura plusieurs mois : elle abattait le
courage d'Alphonse ; elle lui faisait,
ainsi qu'à ses malheureux compagnons, tourner les yeux avec regret
vers les riantes contrées de la France.
L'amour de la patrie semblait se faire
sentir encore plus vivement dans ces
cœurs déchirés : les charmes de leur
pays, ses sites heureux, comparés à
ces sauvages régions se retraçaient à
leurs pensées en traits encore plus
séduisans.

Souvent au milieu de leurs pénibles travaux, souvent dans l'enceinte
des fétides cachots où on les encom-
brait chaque soir, ils s'entretenaient
de la terre natale. S'il est une volupté

pure pour les malheureux, c'est celle
des souvenirs innocens. Aux tableaux
animés qu'ils faisaient des riches pro-
vinces de la France, ils mêlaient ceux
des jeux de leur enfance, les aventures de leur jeunesse, l'histoire de
leurs amis, de leurs parens : toujours
ramenés sur la patrie, ils se plaisaient
à redire ses fastes glorieux, à vanter
les forces et la valeur de ses armées,
les talens et l'habilité de ses immortels généraux. Chacun des prisonniers
racontait mille traits de bravoure et
d'intrépidité dont il avait été le témoin ou l'auteur. A ces récits simples et modestes, les âmes de ces infortunés s'exaltaient ; des larmes d'attendrissement, d'un inutile regret de
ne pouvoir encore servir cette France
chérie, mère féconde des héros et
des beaux arts, s'échappaient de leurs

yeux fatigués ; alors le courage et la résignation les abandonnaient , et leurs plaintes s'exhalaient contre le ciel avec amertume.

Un seul parmi eux se tenait ordinairement calme, et cherchait dans ces momens de désespoir à les consoler. Son âme paraissait inaccessible à la douleur de l'esclavage. Cet air d'apparente insensibilité le faisait mal regarder des autres prisonniers. On n'écoutait point ses discours ; on le prenait pour un misérable aimant les fers, et indigne du nom français : tous le regardaient comme un des derniers soldats de l'armée, et lui soupçonnaient même les sentimens méprisables d'un Thersite. Les traits de cet homme pourtant étaient mâles, son corps robuste et sa taille élevée : il se faisait appeler *Gustave*. Un grossier vêtement de bure le couvrait, et nul signe extérieur ne laissait présumer qu'il eût été revêtu d'un grade élevé.

Alphonse seul avait cru remarquer, dans la physionomie de cet homme, une expression de dignité, et dans ses regards, quoique souvent abattus, le feu du génie. Son isolement, sa gravité le frappaient sans cesse ; il cherchait secrètement à se rendre compte de l'intérêt que ce malheureux lui inspirait, et ne manquait jamais de lui témoigner ces égards et ces marques d'amitié si douces entre captifs. Son empressement-assidu près de lui, ses prévenances affectueuses fixaient l'attention du prisonnier Gustave. Les malheureux se devinent aisément ; ils aiment à confondre leurs larmes. L'épanchement de leurs peines est un

I. 9.

besoin, une sorte de volupté : un
cœur disposé à les plaindre, à recevoir leur confidence, est comme la
source d'eau pure que rencontre le
voyageur fatigué au milieu des déserts brûlans ; il se hâte d'aller y puiser des rafraîchissemens. Ainsi fut
attiré Alphonse vers le prisonnier
Gustave.

Ce dernier le reçut avec bonté,
écouta avec intérêt le récit de ses aventures, et ranima son courage affaibli :
une tendre amitié se forma entre eux
deux. Souvent Alphonse lui parlait de
Sophie, de son oncle et du vertueux
Erich. La complaisance de Gustave à
l'écouter était déjà un adoucissement
à ses peines : bientôt il ne lui fut plus
possible de s'en tenir éloigné. Eh!
comment eut-il pu ne pas le chérir?
L'infortuné qui partageait ses fers était

un héros dont la grandeur d'âme égalait celle des illustres guerriers de la Grèce et de Rome : c'était plus que Marius, son cœur était plus noble, et ses traits moins repoussans : c'était Léonidas; comme cet illustre Spartiate, soumis à sa destinée affreuse, il attendait la mort avec calme, et inspirait la force de la mépriser. Amitié, trésor des malheureux, toi seule pouvais découvrir, apprécier la sublimité de cette âme vertueuse, et la faire servir au salut des victimes que le sort des armes avait réunis en ce lieu !

Un soir qu'après les pénibles travaux des prisonniers on les avait laissés se reposer librement avant que de les renfermer, Alphonse et Gustave, s'étant retirés à l'écart sur une éminence assez élevée, y allumèrent du feu pour réchauffer leurs membres

glacés; pendant qu'ils goûtaient ensemble ce faible délassement, le sage
Gustave laissa échapper un profond
soupir.

— Ami, lui dit Alphonse, ne con-
traignez plus avec moi ces tendres
élans, ces regrets d'un cœur sublime.
Les larmes des guerriers sont maintenant honorables : elles caractérisent
le véritable heroïsme, en le montrant
bon et sensible. Ne rougissez pas,
cher Gustave, de paraître homme.
Sans doute, vous aussi, vous déplorez
la perte d'un cœur plus doux encore
que celui d'un ami. Hélas! pourquoi
par votre discrétion me privez-vous
d'apporter dans votre âme la même
consolation que vous versez dans la
mienne? Ami, ne daignerez-vous jamais m'apprendre quelle famille s'honore de vous avoir donné le jour? ne

pouvez-vous me faire le récit de vos aventures?

La demande inattendue d'Alphonse fit naître sur le front du prisonnier Gustave une modeste rougeur; il parut quelque temps hésiter. Alphouse, craignant d'avoir été indiscret, allait lui faire ses excuses, lorsque son compagnon lui témoigna qu'il consentait à le satisfaire.

Impatient d'entendre le récit de son nouvel ami, Alphonse s'en approcha en silence. Le vertueux Gustave lui prit la main et la serra affectueusement; ses yeux se tournèrent vers la France avec mélancolie, et s'humectèrent de larmes; un nouveau soupir s'échappa péniblement de son sein; mais bientôt son cœur meurtri par la douleur, s'ouvrant au triste plaisir de reprendre en quelque sorte

par la pensée et les beaux jours de sa
jeunesse et ses nobles faits d'armes,
il commença en ces termes.

———

CHAPITRE XIII.

HISTOIRE

DU PRISONNIER GUSTAVE.

« Ma naissance fut obscure : je ne
reçus de mes parens pour tout héritage
que l'exemple de la probité et des vertus. Mon père, quoique possédant de
grands talens, vécut et mourut simple
officier. S'il eût pu produire le moindre titre constatant une extraction an-
cienne, il eut été porté aux premières
charges militaires ; mais il ne possé-
dait que ceux d'un cœur intègre,

brave et brûlant d'amour pour la
patrie, et on lui préféra, dans un em-
ploi qu'il briguait, le vieux marquis
de***, qui n'avait jamais servi, et
dont l'ignorance était un sujet de
risée, même à ses laquais. Mon père
n'avait que des vertus : c'eût été beaucoup dans ce siècle appréciateur du
vrai mérite : ce fut trop peu dans celui
où régnaient les préjugés ; mon père
fut constamment oublié...

» Je vins le consoler de cette injustice. Il m'éleva lui-même, et me des-
tina aux armes. J'appris de bonne
heure à affronter le trépas à ses côtés :
son front s'épanouissait de joie en me
voyant charger l'ennemi. Souvent
dans la mêlée, il me montrait les dan-
gers les plus terribles, et nous y volions
tous deux ensemble. Frappé d'un coup
mortel à la bataille de Fleurus, le

sept messidor, an deux, il me remit
son épée qu'il tenait lui-même de son
père, et me dit : Gustave, c'est tout
l'héritage que te laisse ton ami. Ne la
trempe jamais que dans le sang des
ennemis de ton pays ; qu'elle te rappelle et mon amour pour la patrie, et
l'honneur que j'ai constamment préféré à tout ; qu'elle passe à tes enfans
sans souillure. Je le lui jurai, et plein
de joie de voir les Français victorieux,
il mourut en me bénissant. »

(Ici le brave Gustave s'arrêta et
frémit, les traits de son visage s'al-
térèrent, ses yeux roulèrent dans un
orbite de larmes. Alphonse n'osait
interrompre le silence pénible qui
succéda. Reprenant enfin la parole
avec un accent qui déchirait l'âme,
son compagnon d'infortune poursuivit de la sorte :)

I. 10

» Le souvenir d'un père vertueux
est la plus grande consolation que le
ciel nous laisse dans les malheurs qui
nous frappent. Je crus ne pouvoir
mieux honorer la mémoire de l'auteur
de mes jours qu'en obéissant à ses
désirs, qu'en imitant sa conduite ; je
continuai de servir : la révolution
s'étant consolidée en France, et les
nations voisines nous ayant déclaré la
guerre, je me trouvai dans les rangs
républicains. L'intrépidité et le courage que je ne devais sans doute qu'au
magique pouvoir de l'épée de mes
pères furent remarqués de mes chefs.
J'étais alors sergent-major ; je reçus
le grade d'officier sur le champ de bataille même. Dans l'ivresse de ma joie,
j'embrassai mon arme bienfaisante,
comme un enfant embrasse un protecteur chéri : dès cet instant je re-

doublai de zèle et d'ardeur dans les sciences qui ont rapport à l'art militaire; mes travaux, mon application ne furent pas sans récompense, ils me concilièrent l'amitié de mes chefs, et me furent, par la suite, des recommandations pour me faire élever au grade de général de division.

» Je ne rappellerai point à un brave les conquêtes dont s'enorgueillit avec tant de titres notre chère patrie ; je ne vous citerai point toutes les campagnes que j'ai faites, toutes les batailles où j'assistai et que la victoire couronna. Je ne cherche point à m'attirer de l'estime; je vous dirai seulement que, servant sous des héros qui commandaient des hommes extraordinaires, je participai à leur gloire ; de même que des enfans ressentent les effets de la considération dont jouit

*

un vertueux père de famille, ainsi je
partageai les lauriers de nos vain-
queurs.

« » Je vis de nouveau les hordes
mercenaires des nations voisines fuir
devant nos phalanges invincibles ; je
vis le nom français égaler, que dis-je,
surpasser celui des premiers romains ;
le musulman effrayé le révérer ; et le
sauvage dans ses déserts le mêler avec
respect à ceux de ses divinités. Nation belliqueuse, terre natale des
héros et des beaux-arts, noble France, au souvenir de tes fastes immortels, je sens mon âme s'élever, s'a-
grandir : je suis fier de te devoir le
jour ; car, de tous les caractères qui
ont honoré les habitans passagers de
la terre, le plus beau qui ait encore
paru est celui des Français.

» Vous voyez, mon jeune ami,

que ce n'est point par insensibilité
que je garde le silence au milieu des
fers. Est-il possible d'ailleurs aux
enfans de notre patrie de ne pas haïr
l'esclavage, de ne pas adorer la liberté? Non, un intérêt particulier
enchaîne donc ma langue, et, si je
ne manifeste pas plus ouvertement
les sentimens qui m'animent, c'est
que je crains d'attirer sur moi l'attention de nos gardiens. Si j'étais connu,
on me séparerait de vous tous, et
mes yeux ne se reposeraient plus sur
les amis, sur les défenseurs de mon
pays; mes oreilles ne seraient plus
frappées des sons chéris de cette langue maternelle, qui sans cesse me le
rappelle. Peut-être ne serais-je pas
livré aux travaux dont on vous accable; mais mon âme languirait loin de
vous tous. En partageant vos peines,

les miennes me paraissent moins
dures. Quelquefois je cherche à soulager ceux d'entre nous qui sont trop
faibles pour supporter tant de fatigues,
et c'est encore une consolation pour
moi d'être utile à un Français. »

Alphonse interrompit en cet endroit son illustre compagnon d'infortune, par une exclamation que lui
arrachaient la modestie et la noblesse
de ce cœur généreux et magnanime.
Ses yeux remplis de larmes fixaient
avec respect ce héros aussi grand dans
le malheur que dans les champs de
la gloire. Il croyait voir le fils d'U-
lysse ; il lui semblait entendre ce
jeune Grec racontant avec une simplicité charmante ses mémorables
aventures, et peignant avec une candeur naïve la beauté de son âme.
Eh ! vous resteriez inconnu des Fran-

çais qui gémissent dans la servitude, s'écria-t-il! eh! tant de mérite et de vertus ne ferait pas de nous tous autant d'admirateurs! Non, j'avertirai nos camarades du trésor inestimable que le ciel cacha parmi eux ; ils viendront honorer, puiser près de vous le courage et la force...

» Alphonse! reprit avec vivacité le général, me feriez-vous repentir de vous avoir confié mes secrets ? Gardez-vous d'instruire ces infortunés militaires. Les témoignages de leur amitié et de leur attachement pour leurs chefs me sont assez prouvés ; certes, il me serait doux d'en jouir en particulier; mais je dois craindre que leur zèle ne soit indiscret, je préfère leur rester inconnu. » Alphonse s'inclina avec soumission. Le général continua son récit.

» Jusqu'ici, mon jeune ami, je ne vous ai entretenu que des campagnes où j'assistai. Fils d'un brave, élevé dans la rudesse des camps, tout entier aux armes que j'idolâtrais, vous ne vous attendez pas sans doute à m'entendre parler un autre sentiment que celui de la gloire. Hélas ! bien que les jours de l'homme soient peu nombreux, quelle est la passion qu'il n'épuise pas ? Favorisé du dieu des combats, mon cœur, avide de conquêtes, désira encore les faveurs de l'amour. Jusqu'alors j'avais dédaigné ses chaînes; mais est-il un mortel qui puisse échapper à ses traits? L'armure éclatante, l'air sévère du guerrier ne l'épouvantent point. On dirait au contraire qu'il aime à soumettre les cœurs de ces hommes endurcis aux fatigues, qui surent résister aux ennemis, à la mort; de ces hommes dont le regard fier, menaçant, le visage bruni par le hâle, le corps mutilé par le glaive et la foudre, commandent encore le respect, et inspirent la terreur. Mais tel est l'empire certain de ce dieu, qu'il règne également dans l'activité des camps et dans le calme de la société; qu'il anime même le silence des cloîtres de ses brûlantes impulsions. Si tout dans la nature reçoit ses lois, s'il est l'âme de toute grandeur, comment le soldat n'unirait-il pas la couronne de ce maître de l'univers aux lauriers de la victoire, comme le citoyen unit ses myrtes aux palmes des beaux-arts. J'étais né dans ce climat heureux qui semble être son temple : mon caractère devait se ressentir de l'influence qu'il exerce sur notre na-

tion. J'aimai. Ce fut à Nantes, où
j'étais en quartier d'hiver, que je
commençai à éprouver qu'il est des
sensations indéfinies, qui vous font
goûter les charmes d'une nouvelle
existence.

»J'allais quelquefois en soirée chez
un ancien banquier, nommé Derville : c'était un homme puissamment
riche, d'un esprit droit et cultivé,
d'un caractère doux et obligeant.
Doué des vertus et de la probité d'A-
ristide, il était généralement estimé
de ses concitoyens. Je préférai sa
société à tout, parce que je trouvais
en lui *un homme, un ami,* lorsque
de toutes parts je ne rencontrais que
vaines démonstrations de sentimens
fallacieux. Il s'attacha fortement à
moi, parce qu'il remarqua que je
l'aimais, non comme tant d'autres,

pour son crédit, sa protection, sa fortune; mais pour sa franchise, mais pour *lui-même*. Cet homme estimable était veuf et âgé. Il y avait déjà quelques mois que j'étais reçu chez lui, sans que j'y eusse vu aucun de ses proches. Un jour que nous nous promenions dans le superbe jardin qui est derrière sa maison, une jeune personne, belle comme on nous peint Hébé, modeste comme Minerve, gracieuse comme Vénus, vint se jeter entre les bras de mon ami, et lui prodigua les plus tendres caresses, en l'appelant son père. Cette charmante enfant sortait de pension et pouvait alors compter seize printemps : son air était mélancolique et son maintien décent; à peine d'abord remarqua-t-elle que j'étais présent : tant l'amour filial remplissait son âme ! Le vieux ban-

quier paraissait ivre de joie en la serrant sur son sein : il me la présenta
comme une fille qu'il chérissait par-
dessus tout ; il eût pu me l'annoncer
comme un être céleste descendu sur
notre terre pour en embellir le séjour
par ses vertus et sa beauté corporelle,
Félicie ne pouvait encore que perdre
à cette comparaison. Je la saluai avec
trouble et la regardai avec admiration. Elle répondit à mes civilités
avec timidité ; ses beaux yeux n'o-
saient se lever sur moi : les miens ne
pouvaient plus se détacher d'elle.

Nous rentrâmes quelques instans
après. Il y avait dans les appartemens
une grande réunion. J'allais me retirer, lorsque le banquier me pria
de rester, m'annonça que c'était sa
fête, et qu'il serait charmé de me
posséder. J'accédai à ses désirs ; la

soirée fut charmante, le repas magnifique, le bal très-brillant : l'aimable Félicie en fut le plus bel orne-
ment. Placé constamment à ses côtés,
je m'enivrai du plaisir de la voir, de
l'entendre, de l'admirer; elle chanta,
elle dansa avec une grâce indéfinis-
sable, qui lui mérita de vifs ap-
plaudissemens ; je m'empressai de
porter à ses pieds mon tribut d'hommage.

» Cette fête finit bien avant dans
la nuit; je rentrai chez moi plein du
souvenir de la fille de mon ami, et
rêvant au bonheur de m'en faire
aimer et de la posséder un jour. Le
lendemain je volai chez M. Derville :
il était seul. Il glissa avec son indifférence ordinaire sur tout ce qui lui
était personnel, pour me demander
des détails sur les événemens politi-

ques, sujet presqu'unique de nos premiers entretiens. J'étais peu propre à discuter, je fus distrait et faible logicien. Mon ami, fort de mes concessions, s'animait, s'échauffait et semblait ne vouloir plus terminer. J'eusse désiré lui parler de sa fille, recevoir de ses nouvelles; mais il me ramenait sans cesse sur les conséquences qu'il tirait des principes erronnés qu'il avait posés, et que je ne me souciais plus alors d'examiner. Enfin le dieu qui m'avait enflammé de ses feux finit mon supplice, en conduisant Félicie près de nous.

» Elle me sembla encore plus belle que la veille; l'expression de ses sentimens reposait avec plus de calme sur ses traits : on voyait que son cœur était heureux de la satisfaction de son père, que la félicité de ce der-

nier était nécessaire à son repos. Je
ne sais quels attraits, quelles qualités, mon imagination exaltée ne lui
prêtait pas. Je la vis plusieurs mois
ainsi, sans que le temps ni les circonstances changeassent rien en elle.
Chaque jour au contraire, je lui dé-
couvrais de nouvelles vertus, qui me
la rendaient plus chère, plus adorable. Je n'osai cependant lui déclarer
mon amour, ni solliciter sa main;
mon manque de fortune et de dignités (je n'étais encore que capitaine),
ma vie pénible et hasardeuse n'étaient
pas des titres recommandables; je re-
connus trop tard l'imprudence que
j'avais commise de m'abandonner à
de tendres sentimens, que l'hymen ne
pouvait couronner.

» Je résolus de surmonter ma passion, d'étouffer mon amour. Insensé,

j'éprouvai bientôt que la faiblesse, que l'on a trop long-temps flattée, devient un besoin tyrannique. Semblable aux caractères que tracent les enfans sur le sable, l'existence des bonnes résolutions n'est qu'éphémère : le désir, l'imprudence les dissipent. Bientôt égaré par le sentiment qui disposait de ma vie, je pensais à retourner près de Félicie ; j'eusse infailliblement succombé à cette séduction, sans un travail très-pressé qui me survint en ce moment. C'est ainsi que nos actes de vertus ne sont dûs souvent qu'aux circonstances. Je m'abstins donc d'aller visiter M. Derville.

» Etonné de mon absence, il vint lui-même me voir et m'en demanda la cause ; je n'osai la lui avouer ; je gardai un morne silence, et reçus ses

honnêtetés avec contrainte. O mon
jeune ami! que l'aveu d'un crime
doit être pénible, si la confession
d'une faiblesse naturelle coûte tant à
l'homme !

» — Gustave! me disait ce brave
homme, vous avez des peines, et
vous ne les répandez pas dans mon
sein! vous osez affliger, par votre silence, un cœur qui vous est dévoué!
Ami, laissons la méfiance aux âmes
flétries par l'égoïsme, aux êtres méprisables qui ne connurent jamais les
doux épanchemens du cœur. Un
chagrin confié perd de sa pesanteur.
Hélas! est-il une seule peine qui vous
affecte que je ne doive partager? une
seule de vos larmes que je ne doive
essuyer? Parlez : il est peut-être en
mon pouvoir de vous rendre au bonheur... Je le regardai avec trouble;

I. 10.

puis songeant à ma position infortunée, je retombai dans mon abattement. Il renouvela ses instances.

» — Non, non, lui dis-je, laissez-
moi ; je suis trop malheureux... J'ai
pu rêver la félicité dans le sommeil
de l'imprudence ; mais au réveil, il
y aurait de la folie de croire à sa possibilité.

» — Je ne vous comprends pas,
me dit-il.

» — Je le crois ; et c'est aussi ce
qui me rend encore plus honteux devant vous...

» — Honteux devant moi ! ami, la
honte ne doit être que sur le front
des coupables, et vous n'êtes pas
homme, je pense, à la faire naître
dans votre cœur...

» — Ah ! n'est-ce pas être coupable que d'avoir ouvert imprudemment
ce cœur...

» — Que voulez-vous dire ?...

» — Laissez - moi ; votre maison m'est un lieu funeste...

» — Comment ! quel langage ! Auriez-vous pu croire que je fusse capable de vous trahir ? (Ses yeux devinrent à l'instant dédaigneux ; tous ses traits se comprimèrent avec une noble fierté... Je ne pus en soutenir la vue. Son erreur m'humiliait, me déchirait ; je m'empressai de l'en tirer.) Non, lui dis-je, en lui serrant la main ; non, je n'ai jamais douté de l'excellence de votre âme, de la sincérité de votre attachement ; non, je ne vous ai point outragé de la sorte ; le soupçon n'est jamais entré dans mon cœur ; c'est moi seul que j'accuse... Faut-il donc vous porter à m'enlever votre amitié ? Dois-je vous prouver que j'en fus indigne ? Eh

*

bien ! écoutez un malheureux , et abandonnez-le après à la peine de son aveuglement... Je n'ai pu voir votre charmante fille sans en être épris... Je l'aime... Mais, hélas! je suis orphelin, pauvre et sans espoir... Tant de grâces unies à tant de vertus ne peuvent, je le sais, m'être accordées; j'ai dû, en y réfléchissant, m'éloigner de votre demeure : effrayé de ma passion, j'ai dû en prévenir les égaremens.

» Ce brave homme, à mon discours, s'abandonna aux plus vifs transports de joie; il me serra affectueusement entre ses bras.

» — Ami, tu te crains toi-même, s'écria-t-il; va, il ne peut être coupable le mortel qui veille sur soi, comme sur un dépôt. En cédant aux inspirations de l'amour, tu n'as fait

qu'obéir à la nature ; le crime n'est
point là : il est où cessent l'innocence
et la timidité... Ami ! tu n'as pas de
biens, dis-tu ; et comptes-tu pour rien
l'honneur et le titre de défenseur de la
patrie ?... Tu es orphelin ; mais n'as-
tu pas le cœur d'un ami ? Va, crois-
moi, celui-là vaut souvent plus que
ceux des parens... Tu aimes ma fille ;
tant mieux ! je n'avais qu'un enfant,
j'en aurai deux... Elle est à toi, ami,
si tu lui es cher... Reviens donc près
de nous; tâche de toucher le cœur
de Félicie, et je souscris à ton union
avec elle. Le plus délicieux bonheur
de l'homme n'est-il pas de faire des
heureux ! Je tombai aux genoux d'un
ami si généreux : je revis Félicie ; j'en
étais aimé en secret , j'obtins son
aveu. Le père, ivre de plaisir et d'espérance, préparait avec complaisance

nos liens, lorsque mon amie tomba malade. Notre hymen fut différé.

» A cette époque, la guerre de Russie s'étant déclarée, je fus forcé de me trouver sous les drapeaux, de renoncer au bonheur de posséder Félicie. Je quittai mon ami et sa fille avec désespoir. J'eusse désiré pouvoir abjurer les combats: mais je me rappelai les dernières paroles de mon père, je ceignis de nouveau son épée précieuse et je volai prendre ma place dans nos légions.

» Vous savez, cher Alphonse, quels furent nos débuts dans cette dernière campagne. Vous vîtes l'impétueuse ardeur de nos soldats, l'habilité de leurs marches, et leur incomparable intrépidité dans les charges terribles. A la bataille de Smolensk, j'eus le bonheur d'enlever deux

drapeaux et d'abattre un des premiers
officiers des lignes ennemies. Je cou-
rus déposer ces trophées aux pieds
du général en chef ; il me demanda
mon nom, me serra la main avec expression, puis me montrant, à quelque distance du lieu d'où il observait,
un gros de Cosaques prêts à rompre
un de nos rangs, il me dit : je pourrais
envoyer là un régiment, mais je préfère que vous y alliez seul ;   votre
exemple fera beaucoup plus..... Je
m'inclinai avec soumission. La mort
était presqu'inévitable dans le lieu
qu'on m'indiquait ; j'y volai sans que
cette considération m'affectât. Les paroles bienveillantes qu'on venait de
m'adresser m'avaient électrisé , il n'y
avait plus de péril pour moi. J'arrivai,
mon impétueuse ardeur ranima nos
guerriers, ils se serrèrent avec ordre,

s'élancèrent à mon imitation, et parvinrent à chasser l'ennemi. Quelques jours après cette action, je fus créé général de division.

Cependant nous pénétrâmes bientôt à Moscow ; là je reçus l'ordre de marcher sur St.-Pétersbourg. J'avançai ; bientôt je me trouvai engagé dans un défilé étroit. Je cherchai l'ennemi, et il était derrière les montagnes qui terminaient ce même défilé. Les chemins couverts de glaçons n'étaient pas praticables. Chaque pas était autant de chutes. Je n'ignorais pas que j'allais à la mort; mais j'avais des ordres précis pour poursuivre, et je ne savais qu'obéir. J'encourageai ma division, lui donnant des espérances que je n'avais plus. Hélas ! épuisés de fatigues, presqu'aveuglés par les frimas, les habits couverts de givres durcis, mes

compagnons faisaient de vains efforts
pour avancer. Cruel souvenir ! il me
semble encore les voir ces guerriers
tant de fois victorieux, dispersés con-
fusément dans ces vastes et rudes contrées, luttant contre l'âpreté d'un climat mortel, se frayer avec difficulté
des sentiers périlleux au milieu des
neiges profondes, d'où ils pouvaient
à peine arracher leurs pieds meurtris
et glacés. Leurs cris de douleur re-
tentissent encore à mes oreilles, ils
déchirent encore mon âme..... Les
malheureux ! souffrant toutes les hor-
reurs de la faim, accablés par des
marches forcées, tombaient dans ces
thermopyles de glace, implorant la
mort qu'ils avaient si souvent bra-
vée... Prêts à mourir, ils tournaient
encore leurs regards mornes et attendris vers cette belle France, qu'ils ne

devaient plus revoir. Mon âme se brisait de douleur à la vue de tant d'illustres infortunés.

» Quelques jours après, l'ennemi nous ayant découverts, nous cerna au milieu de ces montagnes. Un combat s'engagea, il fut horrible. Les Français désespérés vendirent cher leur vie, ils firent un carnage affreux des Russes ; mais le nombre l'emportant sur nous, nous succombâmes enfin. Les Moscovites se jetèrent sur nous avec fureur, ils nous arrachèrent nos armes et nous firent prisonniers. Pendant l'action, j'étais tombé percé de coups près de mes compagnons étendus morts à mes côtés ; lorsque je rouvris les yeux à la lumière, je me trouvai sur un chariot, dépouillé de mes habits et de mon épée...de mon épée !... que j'avais, en tombant, placée sur mon

cœur. Des larmes de rage s'échap-
pèrent de mes yeux. Je provoquai
ces soldats avides de butin ; je voulais
les exciter à m'arracher la vie ; ils ne
firent aucune attention à mes menaces. Ma colère étant impuissante,
j'invoquai alors la mort à grands cris.
Peut-être me l'eussé-je donnée, si
j'eusse eu des armes. Nous parvînmes
ainsi au camp des Russes : quelques
semaines après, on me conduisit ici.

» Telles sont, mon jeune ami, les
aventures de votre malheureux frère
d'armes. Voici comment nos braves
ont été abandonnés de la victoire. Ils
ne furent point vaincus, des Français
ne peuvent l'être, ils tombèrent seulement comme des Spartiates....

» Mânes des magnanimes héros
qui illustrèrent la patrie, reposez en
paix dans les champs de la gloire :

*

Votre pays reconnaissant n'oubliera point vos succès et votre valeur ; vos noms inscrits au temple de mémoire, seront lus des siècles à venir, et feront battre le cœur de tout mortel généreux et sensible. Toujours on citera vos exploits et votre grandeur d'âme ; et si jamais l'envie voulait ternir vos immortels lauriers, en rappelant une défaite déplorable, les fastes de notre histoire vous vengeront, en attestant vingt-cinq années de triomphes éclatans.

» Et vous aussi plaines de Krasnoi, de Mojaïsk, vous redirez comme les champs de Marengo, d'Iéna, de Wagram et d'Austerlitz, les hauts faits de nos guerriers ; vous les redirez... et l'étranger, en visitant vos camps abandonnés, en contemplant leur silence imposant, sentira son âme s'élever, s'agrandir. Comme nous, après avoir jeté des fleurs sur vos cendres chéries, et donné des larmes à un revers unique, inouï, il manifestera son douloureux étonnement, en s'écriant: comment sont tombés ces hommes puissans, ces héros terribles, ces demi-dieux français qui soumirent l'Europe entière, portèrent leurs pas victorieux au-delà des mers, chez le mameluck sauvage et jusqu'alors indompté ».

A peine le général finissait son récit, que la retraite des prisonniers battit. La nuit commençait à descendre. Déjà les hurlemens prolongés des bêtes sauvages, qui sortaient de leurs antres pour chercher leurs proies, se faisaient entendre au loin. Le feu de nos amis était éteint, ils se levèrent silencieusement ; l'œil humecté de

larmes et plongés dans de sombres
réflexions, ils rejoignirent leurs com-
-pagnons. Près de se séparer, le sage
et modeste Gustave prit la main d'Alphonse, la serra affectueusement; et,
plaçant un doigt sur ses lèvres, il lui
demanda, par ce signe muet et un
regard énergique, de le laisser inconnu.

CHAPITRE XIV.

Alphonse passa la nuit à peser les raisons du général. Il crut que ce dernier avait tort de vouloir se tenir caché aux autres prisonniers. Il pensa qu'étant à leur tête, que guidés par ses lumières, son courage et sa prudence, il pourrait rompre leurs fers, et les arracher tous à une pénible servitude. Plein de cette idée séduisante, il s'affermit dans la résolution de faire connaître son illustre ami. Il combina, il médita, à cette occasion, un plan d'évasion. A peine le jour avait-il chassé les ombres épaisses de la nuit, qu'il se leva, impatient d'amener ses compagnons d'infortune aux pieds du moderne Régulus : il en rassembla aussitôt quelques-uns, et leur annonça qu'un général était caché parmi eux, qu'il fallait le prier de briser leurs indignes chaînes. Il recommanda à ces infortunés, qu'il venait de combler de joie, d'avertir secrètement tous les autres prisonniers. Ils le lui jurèrent ; s'étant assuré de leur dévouement, ils formèrent une députation et convinrent de se présenter au général.

Le projet réussit sans que les soldats russes, préposés à leur garde, soupçonnassent rien. A la fin du repas des prisonniers, et pendant qu'on les laissait se reposer un instant, Alphonse, suivi de quelques-uns de ses compagnons, s'avança vers le brave Gustave, et lui montra tous les Français, qui, la main sur le cœur et les yeux tournés vers la France, semblaient implorer son secours, et lui jurer tacitement fidélité et obéissance. Le général comprit cette muette harangue. Des larmes parurent au bord de sa paupière.

— Amis, leur dit-il avec trouble, que me demandez-vous?

— La liberté, répondirent-ils à mi-voix.

— Infortunés! vous voulez la liberté, et vous vous adressez à un prisonnier pour vous la rendre! Hélas! que puis-je de plus que le dernier d'entre vous! Amis, cessez de vous livrer à de vaines espérances, craignez que votre démarche téméraire ne soit découverte.

— Nous ne craignons point la mort, répondirent-ils; mais nous

haïssons l'esclavage; et qu'est la vie
sans la liberté? Nous sommes Français, nous voulons redevenir libres.
Brave Gustave, sauvez-nous! Alphonse se joint à eux et prie son illustre ami. Celui-ci, vaincu par leurs
instances, consent à les servir dans
leur dessein. Retirez-vous, leur dit-il,
je concerterai avec Alphonse nos
plans; il vous avertira du jour et du
signal; éloignez-vous avec calme, et
que la prudence dirige vos paroles et
vos actions! Ils obéirent avec respect.

Le premier mouvement du général
avait été de blâmer Alphonse; mais
l'abattement, le désespoir, les prières
de ses frères d'armes l'ayant trop vivement ému, il ne put lui adresser
aucun reproche; il ne s'occupa plus
que des moyens de mettre à exécution
leur projet. Le soir, il joignit notre

ami sans affectation , et lui glissa dans
la main un billet tracé au crayon , où
il l'avertissait de faire tenir tous les
prisonniers prêts pour le lendemain
même. Celui-ci s'acquitta de sa commission. Il prévint en particulier chacun de ses compagnons du signal , et
s'assura prudemment que rien ne pût
entraver leur démarche. Leurs sur-
veillans étaient pour l'ordinaire sans
défiance. Trois cents hommes désarmés, sans secours, sans ressources,
sans guide au milieu de ces contrées
sauvages et incultes, ne pouvaient porter aucun ombrage ; quarante hommes
suffisaient pour les garder.

Voici quel était le plan convenu :
tous les prisonniers , en voyant le
général jeter son mouchoir à terre ,
devaient se précipiter sur leurs gardiens , comme les Romains sur les

Sabins qui assistaient paisiblement à
leurs jeux, et après les avoir désarmés
et garottés, ils devaient se réunir au
brave Gustave pour en être dirigés
dans leur fuite. Tous ayant juré d'o-
béir et d'observer scrupuleusement
ces conditions, Alphonse alla en
avertir son ami.

Le lendemain, vers le milieu du
jour, le brave Gustave s'avança au milieu des captifs; son air était calme
et son regard plein d'énergie; tous les
yeux fixés sur lui attendaient avec
impatience et anxiété le signal. Il le
donne enfin. Aussitôt, ces infortunés
se précipitent tous à la fois comme la
foudre sur les sentinelles et les gar-
des immobiles de terreur. Ils leur
arrachent leurs armes, leur lient les
pieds et les mains, et retournent se
ranger en ordre aux côtés du général

qui se hâte de les entraîner loin de ce
lieu d'exil et de larmes.

Ils marchèrent toute la nuit et le
jour suivant sans prendre aucune
nourriture. Bientôt les besoins de la
faim se faisant cruellement sentir, le
froid excessif leur glaçant le visage,
à peine purent-ils se soutenir. Ils
murmuraient contre le ciel, contre
leur funeste destinée. Ces solitudes
leur paraissaient sans issue, sans fin;
semblables à l'enfer du Dante, ils
les croyaient fermées à l'espérance.
« Amis, leur répétait le général pour
» éloigner d'eux l'abattement; amis,
» nous avons vécu dans les fers, et
» nous ne pourrions supporter ces
» fatigues! et nous succomberions
» au milieu de ces déserts!.. nous
» mourrions loin des combats! Quoi!
» nos glaives ne vengeraient pas la

» honte de l'esclavage !... Amis,
» rappelez votre courage, surmontez
» ces passagères douleurs ; chaque
» pas nous rapproche de la France :
» elle est là... C'est pour la revoir,
» c'est pour goûter au milieu d'elle,
» de nos amis, de nos parens qui
» l'habitent, le repos et la félicité que
» nous souffrons. Que ces pensées
» raniment nos forces ! qu'elles nous
» soutiennent dans cet apparent
» abandon du ciel ! La fortune ne
» peut nous avoir favorisés jusqu'ici
» pour nous ensevelir cruellement
» dans le sein de ces âpres régions.
» Un secret pressentiment m'assure
» le contraire ; avançons... Nos frères
» d'armes ne peuvent être loin ; c'est
» parmi eux, sur le champ de bataille
» ou dans la patrie en paix, que les
» Français doivent quitter la vie ! »

Ce discours les soutint contre le désespoir ; ils firent de nouveaux efforts. Aussi loin que leur vue put s'étendre, ils cherchèrent des lieux habités ; mais nulles traces d'hommes ne se présentèrent à leurs regards consternés. Leur courage commençait à s'épuiser. Enfin aux approches de la nuit, quelques cabanes éparses dans ces solitudes s'offrirent devant eux : cette rencontre réveilla leur espoir ; ils respirèrent et élevèrent les mains vers le ciel pour lui rendre grâces ; ils réunirent le peu de force qui leur restait. Semblables à de pâles spectres, ils se traînèrent jusqu'aux portes de ces habitations rustiques : leur présence inattendue jeta l'épouvante au milieu de ces familles paisibles ; elles fuirent en poussant des cris de terreur. Nos infortunés militaires en-

trèrent dans ces huttes grossières, ils
y allumèrent du feu et satisfirent
leur faim. Chacun d'eux se chargea
de provisions, prit tout ce qui pouvait l'abriter contre le froid et la neige, et tous continuèrent leur marche.

Huit jours après, ils rencontrèrent
un détachement de Français ; ils
poussèrent aussitôt des cris de joie.
Oubliant leurs fatigues, ils volèrent
se jeter dans les bras de leurs compatriotes : ceux-ci mêlèrent leurs larmes d'allégresse à celles de nos
malheureux fugitifs ; ils leur présentèrent des provisions, leur firent raconter leurs aventures, les plaignirent,
s'empressèrent de les conduire à leur
camp et d'y allumer des feux. Ils leur
firent part, à leur tour, qu'ils étaient
au nombre de cinq mille hommes
séparés de la grande armée; qu'ils

faisaient tous leurs efforts pour découvrir une de nos colonnes, afin de
s'y rallier. Sans cesse attaqués, sans
cesse poursuivis par les ennemis, ils
leur apprirent qu'ils n'échappaient
au trépas que par l'habilité de leurs
marches. Ils ne formaient, pour ainsi
dire, qu'un camp volant. N'importe,
l'espérance et la consolation étaient
rentrées dans l'âme des compagnons
d'Alphonse et de Gustave. Il semblait
que ces frères d'armes leur eussent
rendu le bonheur, la patrie ; ils
croyaient la voir dans chacun d'eux ;
c'était-elle qui les consolait par leurs
voix.

Cependant, parmi ces nouveaux
compagnons, le brave Gustave trouva
quelques officiers de sa division qui
surent échapper à la mort. Ces derniers lui rendirent des honneurs : tous

I. 11.

le reconnurent pour leur chef. Dès-
lors, il les mena avec plus de facilité et
d'empire : tant il est vrai que l'éclat
des dignités en impose souvent aux
hommes !

Recréé en quelque sorte de nouveau général par les soldats, le vertueux Gustave choisit Alphonse pour
son aide-de-camp. Son attachement
envers notre ami s'augmentait de jour
en jour; il chercha, par des soins et
des égards, à dissiper la mélancolie
profonde dont il le voyait accablé. Il
lui parlait souvent de ses parens et
d'Erich, les lui montrait pleins de tendresse pour lui, et conservant toujours
ce souvenir indestructible, ce regret
éternel qui, au milieu des obstacles
et de l'abandon, resserrent encore davantage les liens du cœur ; il lui faisait espérer de les revoir, lui peignait

le bonheur qu'il goûterait un jour de leur consacrer tous les instans de sa vie. Ses consolations avaient un charme séduisant, sa voix un accent de sensibilité persuasive, qui portait au fond du cœur le calme et la résignation. Les infortunés sont crédules et avides d'espérances : Alphonse se laissait persuader ; il cherchait à surmonter sa tristesse, à répondre à l'amitié de son généreux chef, et à l'imiter dans son courage à supporter le malheur.

Cependant, trois semaines s'étaient déjà écoulées depuis la rencontre des cinq mille Français, et ils n'avaient pu encore rejoindre la grande armée. Perdus, pour ainsi dire, au milieu de ces déserts immenses et couverts d'épais frimas, n'entendant que le bruit des fougueux aquilons qui tourmen-

taient sans cesse les arbres des forêts,
ils erraient sans guide, sans secours.
Quelques villages, quelques hameaux
s'offraient de loin en loin à eux, et
leur fournissaient parfois des approvisionnemens qui pouvaient à peine
les soutenir. Chaque jour, plusieurs
d'entr'eux succombaient aux fatigues
et aux rigueurs du climat. Souvent ils
rencontraient des soldats français
roidis par le froid glacial, enfoncés à
mi-cuisses dans les neiges durcies,
restés de bout quoique morts, la
douleur gravée sur leurs traits toujours terribles, le front tristement
pensif, l'œil morne et à jamais fixe,
les vêtemens couverts de givre, et
conservant l'immobilité des froides
statues de nos jardins publics.

Ce spectacle jetait au fond de l'âme
une pitié déchirante. Alphonse et ses

compagnons renversaient avec efforts ces corps inanimés, les ensevelissaient dans les neiges, et se hâtaient de fuir ces lieux cruels, en donnant des larmes de regret à ces infortunés ca-marades. Ils allaient ailleurs où les mêmes scènes se répétaient.

Quelquefois ils rencontraient des lignes entières de deux cents hommes de cavalerie, dans une attitude uni-forme. De loin, et couverts bizarre-ment de neige, ils les prenaient d'a-bord pour des rideaux d'arbres dé-pouillés de leurs rameaux par la bise orageuse; mais lorsqu'ils arrivaient auprès, et qu'ils considéraient ces yeux constamment attachés sur eux, ces glaives nus et étincelans, ces guer-riers devenus à jamais insensibles à force de souffrance, ils ne pouvaient s'empêcher d'une secrète compassion,

d'un subit frémissement d'horreur :
ils s'en éloignaient en tirant de leur
sein de profonds soupirs. Près de
perdre de vue ces lieux funestes,
lorsqu'il leur arrivait de jeter encore
les yeux sur ces malheureux, et qu'ils
apercevaient leur éternelle immobi-
leté, leur âme se brisait de douleur ;
il semblait qu'ils abandonnassent une
partie d'eux-mêmes.

_ Je voulais joindre aux tableaux que
ma plume vient de tracer, quelques
autres détails des souffrances de ces
malheureux soldats ; mais tant de
douleur et de constance, tant de courage et de maux ne peuvent être peints
avec les faibles et éphémères couleurs
d'un roman : c'est à l'histoire à nous
redire avec la mâle énergie, avec la
forte expression qui la caractérisent,
les circonstances terribles de cette mé-

morable campagne. Pour moi, mon
récit serait soupçonné d'exagération,
si je m'appesantissais sur des faits
semblables que l'amitié me confie. Je
reviens à ce qui fut personnel à Alphonse et aux événemens où il eut
part, et qui servirent à lui faire revoir
cette France chérie, qu'appelait sans
cesse le cœur de ces braves, et pour
laquelle il leur était encore doux de
souffrir.

Il y avait environ un mois qu'ils
erraient dans ces âpres régions : déjà
ils avaient laissé Moscow derrière eux,
lorsqu'enfin ils rencontrèrent l'armée
française. Hélas ! ce n'était plus que
les débris de ces innombrables régi-
mens qui moissonnèrent tant de
palmes triomphantes; mais semblables aux restes de ces grandes ruines,
que le temps et les efforts des hommes

n'ont pu renverser qu'en partie, ces invincibles guerriers élevaient encore un front menaçant; leurs regards terribles portaient encore l'épouvante; l'éclat de leurs armes était le signal de la mort. Chacun d'eux semblait être un Achille, qui brûlait de venger la mort d'un tendre ami.

Ils marchèrent quelques jours avec l'armée sans pouvoir livrer combat. Enfin l'occasion s'en présenta : mânes de leurs frères d'armes et de leurs compatriotes, mânes des héros, l'honneur de la France, vous ne dormîtes pas sans vengeance; le sang de l'ennemi coula; il inonda le sol étranger. La victoire visita encore nos drapeaux; les colonnes russes fuirent devant nos phalanges incomplètes qui les poursuivaient. Un régiment seul ose opposer une résistance opiniâtre, le chef

qui le commande à la valeur et à l'intrépidité d'un Français; il cherche à
ramener les fuyards, il exhorte ses
soldats, il les anime au combat, il
leur donne l'exemple de la plus
grande bravoure. Mais bientôt ils
sont entourés; bientôt on leur commande de déposer les armes; ils refusent. La fureur aveugle les Français,
ils tombent sur eux; le fer s'enfonce
dans leur sein; Alphonse lui-même
les imite; il se jette sur le chef. Mais,
ô ciel! quelle force supérieure retient
son bras prêt à frapper! Quel homme
s'offre à ses regards? Non, ce n'est
point une illusion, c'est l'être généreux qui lui sauva la vie dans le
champ de bataille où il tomba percé
de coups, après la perte du général.
Il le reconnaît : un Français peut-il
oublier son bienfaiteur! Son impétueuse ardeur s'est tout à coup arrê-

I. 12

tée ; l'épée lui est tombée de la main ;
son âme vivement émue ne peut éprouver que le respect et la reconnaissance... Cependant les soldats de ce
brave officier sont abattus ; lui-même
cherche en vain à défendre sa vie ;
vingt glaives menaçans sont levés sur
sa tête, la mort est près de l'atteindre... Alphonse se précipite comme
l'éclair devant ses compagnons.
Faire de son corps un rempart au
brave et généreux étranger, s'écrier
en même temps avec force de suspendre leurs coups, d'épargner ce
guerrier qu'il a des raisons pour sauver ses jours : tout cela fut plutôt fait
que la pensée ne l'a conçu, que la
plume ne l'a décrit.

A la voix d'Alphonse, le fer des
Français demeure suspendu ; tous les
yeux se fixent avec étonnement sur
lui ; tous cherchent à connaître le

motif qui le porte à leur arracher une
si noble victime.

— Amis ! s'écrie Alphonse, je dois
la vie à cet officier ; il me fit enlever
du champ de bataille, où j'étais tombé accablé de blessures, et me donna
des soins. Au nom de l'amitié et de
l'attachement que vous me témoi-
gnez, laissez-moi reconnaître un tel
bienfait ; ne me privez pas du bonheur d'acquitter mon cœur de la dette
sacrée de l'humanité et de la générosité : je vous réponds de cet homme ;
il devient mon prisonnier... Amis,
pouvez-vous me refuser ?

Il dit, et tous ses compagnons sont
restés immobiles de surprise : une
douce émotion se peint sur leurs
traits ; leur âme est aussi grande que
courageuse ; ils laissent notre ami
conduire au camp son bienfaiteur.

Ce dernier, pendant cette explica-

*

tion, n'avait cessé de regarder Alphonse ; n'entendant point le français, il avait cherché à interpréter ses
gestes. Jugeant, à son vif empressement, qu'il n'a rien à craindre, il lui
adresse la parole en latin, et lui demande pourquoi il empêche qu'il
n'ait le sort glorieux de ses camarades. Alphonse lui répond qu'ayant
reçu de lui un service important, il
ne fait que suivre la loi de la nature
qui ordonne de rendre le bien qui
nous fut fait : il lui rappelle l'époque
et la circonstance où il le trouva
parmi les morts, et comment il eut
l'humanité de le secourir. L'officier
russe parut chercher à retracer dans
sa mémoire affaiblie l'action que lui
citait Alphonse ; après quoi il pro-
mena, quelques instans, des regards
attentifs sur lui. Enfin, se ressou-
venant de ses traits et de sa conduite,

il resta muet d'étonnement : son
front devint alors moins rembruni,
une douce confiance anima sa figure ;
admirant l'empire de la vertu sur les
cœurs les plus divisés, il s'écria : O
bienfaisance ! aimable lien qui réunis et enchaînes les âmes honnêtes,
non, tu n'es pas sans délices ! non,
tes fruits ne peuvent être à jamais
perdus ! Vertu, il est donc vrai, tu
n'es point un fantôme !

Alphonse prodigua à son prisonnier tous les soins, tous les égards
qui pouvaient alléger et faire oublier
même la captivité. Celui-là fut sensible à ses procédés, et y répondit
par l'expression d'une reconnaissance
aussi noble que touchante ; peu à peu
Alphonse gagna son amitié et sa confiance. Il y a dans le malheur, comme
dans les peines de l'amour, une espèce
d'aimant qui attire ceux qui souffrent ;

et jamais, peut-être, nous ne trouvons mieux le secret d'essuyer les larmes de l'infortune, que lorsque nous en répandons nous-mêmes.

Smolsky, c'était le nom de cet officier russe, aima Alphonse : à la vue de sa tristesse, il rechercha encore plus assidûment sa société. Il fut forcé de suivre notre armée qui se retirait vers la Prusse. Lorsqu'il vit qu'on abandonnait la Russie, et qu'il allait entrer prisonnier en France, un profond accablement parut sur son visage ; une maladie consomptive détruisit sa santé ; il s'abandonna aux larmes, au désespoir : son état faisait peine à voir. Alphonse tâcha, par tous les ménagemens que l'on doit au malheur, de ramener en son cœur flétri la consolation ; mais ce fut inutilement : nulle distraction n'arrivait à son âme abattue. Sa douleur

retomba sur le propre cœur d'Alphonse. Ce dernier se rappela les regrets de la patrie qu'il avait éprouvés
dans les déserts ; il réfléchit aux tour-
mens de cet infortuné, traînant peut-
être, dans l'esclavage, quelque passion malheureuse qui l'attachait à la
terre de ses pères ; et il résolût de les
adoucir par la liberté.

Un jour que l'armée s'était cam-
pée sur les bords d'une petite rivière
pour y passer la nuit, il l'aborde et
lui dit : « Smolsky, votre santé se
détériore ; vous regrettez, je le vois,
votre pays ; je sais trop combien est
cher le souvenir des lieux qui nous
virent naître. S'il n'eût dépendu que
de moi, vous n'eussiez point suivi
notre armée ; mais vous n'ignorez
pas que le droit de liberté n'appar-
tient qu'aux chefs supérieurs. Cependant je ne puis vous voir souffrir plus

long-temps. Voici un uniforme français, revêtez-le sur le vôtre, et, à sa
faveur, échappez-vous du camp...
Smolsky ! retournez dans votre patrie ; des êtres chers vous y appellent
sans doute ; allez leur dire que vous
avez vu les Français malheureux,
mais plus grands encore que leur
malheur. Souvenez-vous quelquefois
de moi. Les souvenirs doivent réunir dans les cœurs ceux que les mêmes sentimens rapprochèrent ; car la
guerre ne se fait point aux vertus.

L'officier russe reste d'abord immobile de surprise ; puis, se livrant à
une joie excessive, il serre la main
d'Alphonse et l'appelle son ami....
Son ami ! Et pourquoi ne l'eût-il pas
été ? Smolsky était brave et généreux,
il chérissait son pays et la liberté. Ces
qualités séduisent le Français partout
où elles se trouvent ; il les idolâtre

même dans son ennemi. Alphonse répondit aux transports de reconnaissance de son prisonnier. Il l'accompagna jusqu'à la sortie du camp, le conduisit à quelques centaines de pas ; et, dès qu'ils purent n'être plus remarqués, ils se séparèrent. Smolsky se retourna plusieurs fois pour voir encore son bienfaiteur, et l'assurer de nouveau, par ses gestes, de son éternel souvenir.

Alphonse regagna le camp par un autre chemin. On s'aperçut bientôt de l'évasion de Smolsky, mais il ne fut nullement soupçonné de l'avoir favorisée.

Cependant l'armée étant venue à bout de rallier en partie les débris des corps qui la composaient, continua sa retraite, et malgré son extrême faiblesse l'exécuta avec mesure en défendant le terrain pied-à-pied.

Enfin elle vint prendre position derrière l'Oder et l'Elbe, où les généraux s'occupèrent de sa réorganisation.

Alphonse et le sage Gustave obtinrent de s'absenter, pendant cette création des renforts et du matériel d'une nouvelle armée; ils rentrèrent en France. A la vue de cette terre chérie qu'ils avaient tant regrettée, de cette douce patrie qu'ils avaient si souvent appelée de leurs vœux ardens, des larmes coulèrent de leurs yeux attendris; une délicieuse émotion les fit tressaillir : ils fixèrent avec ravissement tous les objets qui les entouraient, et admirèrent, comme s'ils les eussent remarqués pour la première fois, la riche fécondité des campagnes, la beauté des sites, et ce climat heureux qui fait de la France l'une des parties de la terre la plus agréable.

La joie qu'éprouvait Alphonse fut

d'abord si vive qu'elle ne lui permit
pas de penser qu'il allait se trouver
sans asile, sans connaissances, sans
parens, sans ami dans ces superbes et
populeuses cités. Lorsqu'il vint à réfléchir à cet extrême isolement au
milieu de sa patrie, son cœur se resserra péniblement; une tristesse profonde se répandit comme un nuage
sur ses traits. Le général, remarquant
ce subit changement, le pressa de lui
en expliquer le motif: Alphonse le lui
communiqua.

— Eh quoi! lui répondit le vertueux Gustave, vous vous regarderiez
comme seul sur la terre, lorsque vous
savez gagner les cœurs de tous ceux qui
vous voyent et qui vous écoutent.
Alphonse! je croyais être votre ami,
je pensais avoir quelques droits à votre
estime; à votre attachement; et vous
vous dites sans asile, sans un cœur

qui vous chérit... Mon ami, vous
m'affligez. Non, vous n'êtes point
seul au milieu de votre patrie : un
soldat qui versa son sang pour elle
trouve partout des cœurs pour le bénir
et le consoler ; chaque citoyen devient
pour lui un frère , un obligé. Alphonse! je ne veux point que vous
me quittiez. Vous me suivrez partout.
Je vais à Nantes, où l'amour et l'a-
mitié me préparent des liens doux et
sacrés ; vous m'y accompagnerez ;
vous y serez témoin de la joie de votre
ami, vous serez heureux de sa félicité.

Alphonse, pénétré des marques
d'attachement du général, le remercia
avec attendrissement. Les sombres
soucis s'éloignèrent de son âme , il
s'abandonna de nouveau au plaisir
que lui faisait éprouver la vue de son
pays.

FIN DU PREMIER VOLUME.

www.ingramcontent.com/pod-product-compliance
Lightning Source LLC
Chambersburg PA
CBHW071804020726
47502CB00004B/1000